ON
THE DEATH OF IVAN ILYICH

ON
THE DEATH OF
IVAN ILYICH

VLADIMIR AZAROV

AFTERWORD BY
BARRY CALLAGHAN

EXILE
editions
singular fiction, poetry, nonfiction, translation, drama and graphic books

Library and Archives Canada Cataloguing in Publication

Title: On the death of Ivan Ilyich / Vladimir Azarov.
Names: Azarov, Vladimir, 1935- author. | Callaghan, Barry, 1937- writer of
   afterword.
Identifiers: Canadiana (print) 20200279602 | Canadiana (ebook) 20200279653
   | ISBN 9781550969177 (softcover) | ISBN 9781550969184 (EPUB) | ISBN
   9781550969191 (Kindle) | ISBN 9781550969207 (PDF)
Classification: LCC PS8601.Z37 O5 2020 | DDC C813/.6—dc23

Copyright © Vladimir Azarov, 2020
Afterword copyright © Barry Callaghan, 2020
Text and cover design by Michael Callaghan
Typeset in Birka and Times New Roman fonts at Moons of Jupiter Studios
Published by Exile Editions Ltd ~ www.ExileEditions.com
144483 Southgate Road 14 – GD, Holstein, Ontario, N0G 2A0
Printed and Bound in Canada by Marquis

Canadian sales representation: The Canadian Manda Group, 664 Annette St.,
Toronto ON M6S 2C8 www.mandagroup.com 416 516 0911

North American and international distribution, and U.S. sales:
Independent Publishers Group, 814 North Franklin Street,
Chicago IL 60610 www.ipgbook.com toll free: 1 800 888 4741

Suddenly some force struck him in the chest and side,
making it still harder to breathe, and he fell through the hole
and there at the bottom was a light...

—LEO TOLSTOY. *The Death of Ivan Ilyich*

PREFACE

Why am I, an author, Vladimir Pavlovich, fixated on Leo Tolstoy? Why am I going to focus on one of his greatest stories to tell this one? Simple. This is my story. It shares the same title as his story and some of the names, but what you read here is about me. I have unabashedly used Tolstoy's title to attract readers to my story. So, if you are reading, my design, my story-telling architecture, has worked. I cannot apologize for this.

I have written by myself for myself. I did not have a stenographer as Tolstoy did in his wife, Sofia Andreevna. His novella is partly about him. Mine, as I said, is partly about me. Consider this story to be my sequel to his in which love and death called to me and asked me to leave my T-square and drafting board for the rhythmic seclusion of a typewriter. I like to think that in his search for his character he found some part of me. I am simply returning the favour as best I can by finding a design in the life I once lived that helped me to find him.

It is a well-known fact that Tolstoy was not alone in creating his characters and their world. Starting with *War and Peace*, his diarist spouse also offered her strong, principled, intellectual opinion. I admire her work, and I think that writers should either keep a diary or examine life as a series of entries or stories that captured the moments when love and death transformed them. Between Tolstoy and his Sofia Andreevna, everything was an exact argument. She had her suggestions: make *it* stronger, smarter, throw *it* away! Their emotional alliance survived several battles, their lives were a rough coastline with tides and ebb tides... Me? I am alone, alone...

I have no creative dialogues. I just hear my characters' conversations, as if they are not dead... I am still in love with the moment: They speak to me as I sit at my typewriter. They follow me through my days, stand in my room as I sleep, come to me in my dreams.

In one of my dreams, I called: "Please! Sofia Andreevna! Great moralist and critic! Great stenographer! Help me with my work!"

She came to me, telling me: "Vladimir, I am glad you are trying to help my Leo become contemporary. Heaven knows he could use a change of idiom. But, Vladimir, you've got to realize that readers are very different today. People, not only architects like you, but all Muscovites, all Russians, are in need of some kind of explanation. Who is who, what is what? Life today is, well, so prosaic, to say nothing of literature. Everyone wants a quick fix...'this happened, then that happened.' No one's got time to read an epic."

"Thank you for your helpful words!"

"No, thank you, Vladimir! I'll tell my husband what you intend the next time I see him. Now, I will read your little masterpiece and enjoy it, as if I knew you in your Russia back in the 70s. My Leo may not need your tribute to his great work, but I suspect he will thank you for making his name live again in that particular space and time."

I

The morning rush-hour Moscow Metro is crowded. Vladimir Pavlovich is about to be late for his job. He can't board the third train. Crowded. Crazy Moscow! How many millions live here now? Every year the number swells... The train door is in front of him.

He pushes ahead of a lady who has two huge bags. She trips on the threshold to the door. He sighs deeply, satisfied. Elbow-to-elbow. Then, the monotonous shaking.

Several stops flash by. Not too many more – two, three... Swaying, he yields to the rhythm of the train, trying to relax before work.

What?

Vladimir Pavlovich catches sight of a familiar face. Someone he knows in this crazy crowd! How often does that happen? Vladimir Pavlovich knows him! Yes, his former colleague, a young architect.

A sudden recollection! Peter! From the notorious Studio 20! Yes! Vladimir Pavlovich calls out through the Metro's noise:

"Nice to see you, Peter!"

"Vladimir Pavlovich! Glad to run into you!"

"Haven't seen you in ages! I'm on my way to visit my old office. What's that...about Ivan Ilyich? It's so noisy!"

"You've got an important visit to make, Vladimir Pavlovich, to see your architect friend, architect Ivan Ilyich Golovin!"

"What about him?"

"His sixtieth. Today's his birthday. The party's next week. I saw your name on the invitation list."

"Is he okay? I remember he was ill. Couldn't visit our last architects' get-together at the Soyuz Club."

"He wasn't well for a while, now he's okay..."

"I am so glad..."

"Sorry, my stop! See you soon, Vladimir Pavlovich!"

Vladimir Pavlovich is alone, sardined into the crowd. Unsettling thoughts rush through his mind about his old job. Such a creative time. He misses it. The lost happiness of creative life. Yes, as he utters the name – Ivan Ilyich...

Ivan Ilyich! One of his friends back then, and now he's his adversary... An enemy? No! It's not that easy. They had a great connection for years before the incident at work. No, he is not an enemy! Vladimir Pavlovich remembers Ivan Ilyich's words when they worked together:

"Vladimir! Your artistic, your architectural taste, is beyond reproach!"

He'd heard this so often from the esteemed Ivan Ilyich, but then Ivan Ilyich had slammed the Studio 20 door on him! Ivan Ilyich! So stubborn, so uncompromising. That's what Vladimir Pavlovich had loved about Ivan Ilyich, his pig-headedness... Someone from the old Soviet regime... Sixty now?

His name, like an incantation. Ivan Ilyich? Ivan Ilyich!...

Oh, wild memory! Vladimir Pavlovich's rising voice among the commuters:

"Tolstoy's story: *The Death of Ivan Ilyich*!"

A coincidence? He remembers the Tolstoy book, small, a green cover. A novella. Sitting on a shelf alongside all his Tolstoy books, but somehow separate, *The Death...* He should read it again, after work tonight. But why does the name and the idea of reading the book excite him? And why does the name of his co-worker make him so nervous?

In the train window, Vladimir Pavlovich sees his own tightly drawn face. He's trying to figure out what's happened to him... The train's rhythmic shaking slows. He has reached his station. The last shudder of the metal floor beneath his feet. Elbowing with all his strength, he moves through the unyielding crowd.

Breathes the fresh June air. The gentle morning sun. Hurry. Almost 9:30... The Metro encounter, stuck in his mind. He looks ahead, imagines his working day. His repellent job. Already unbearable! How can he get out of his boring occupation?

His watch: 10:30. Two blocks more. Arriving a little later than usual. He needs a more flexible schedule.

"Every morning, I go to my job just to check, correct and confirm the mountain of boring blueprints! If I had free time during the working day, I could find something better, something more suited to my talents... Yes! But what, and how?"

At the Research-Project Institute, he pushes the entrance door open. Showing his entry permit, he walks to the elevator, greeting co-workers on the way.

Something sad seizes him:

"What? What's happening in my head?"

He stops in the lobby. Something is crying in him:

"I always drew pictures, architectural sketches! My fountain pen! My pencils. These are the tools I used for *writing*! I have a secret notebook. A diary. Nobody has read it. Not even my wife."

II

Vladimir Pavlovich... Is in the middle of the lobby...

A smiling girl says to him:

"Why are you standing in the lobby, Vladimir Pavlovich?"

"Sorry, sorry... Oh! Hello..." He doesn't remember her name...

He leaps between the closing doors of the elevator. A sudden attack, a blitzkrieg of realization in his mind during his ascent:

"There is a new East-Demographic-German Optima Typewriter in my work room. At home, I have my Moscow typewriter. Not as new. I love my home machine..."

Nobody in the room looks at him as they gather to drink their morning tea. Kind Masha has probably brought a baked sweet pie. Vladimir Pavlovich passes the tea drinkers, steals through the piles of the drawing and tracing-paper rolls, stacks of blueprints, and bales of paper sheaths. He reaches his place. A new idea: be a writer! Can he describe what happened in the Metro? "My revolutionary moment! Still fresh. An idea is calling!"

He sees the mountain of papers, his working day: "Later! Later!"

He hears the future clacking on his typewriter... He hears Masha's voice: "One piece or two?"

"No! Later! Later!"

He's at the pristine keyboard. Rests his fingers on the keys. Be aggressive! Fingers fly, hammers strike the roller... Blitzkrieg? Blitzkrieg!

III

Among the many in the crowded rush-hour Moscow Metro, Vladimir Pavlovich catches sight of a familiar face. Yes, that's his former colleague, a young architect. No last name. He can't remember the family name. Vladimir Pavlovich remembers him as just Peter. He cries out through the Metro noise:

"Nice to see you, Peter!"

"Oh, hello, Vladimir Pavlovich!"

"I haven't seen you for a while, but later I will be visiting your office. What'd you say? What about Ivan Ilyich? It's so noisy!"

"Ivan Ilyich Golovin is dead. Two days ago…"

"What?"

"Ivan Ilyich Golovin is dead. Two days ago…"

Vladimir Pavlovich is on the verge of tears! This is so bizarre! His birthday! Freud's proviso! Why in my imagination do I hate him? Deeper? He was the reason I left my job… But he is having a birthday party. I need to greet him! We were friends for years… Vladimir Pavlovich began to write his diary like fiction… And from now on he will write, think, invent…a different direction. "Come back? No? No! Delete the last phrases? No? No!"

Vladimir! Follow your intuition. Tolstoy's rival… But it is impossible. Don't laugh! Smile, be ironic… Slightly wary, cynical… Do not mock the 70s Soviet era… You lived there…

9

Staring at the Optima typewriter, it's scary...open-mouthed...he whispers the name of Ivan Ilyich...hears the voice of his living machine, his typewriter.

"You are a Writer! Vladimir! Architecture be damned! Let's type! Don't be sorry about the paper! Spoiled. Drafts! Different versions! Try it this way, that! Say something different! Thanks to Khrushchev's Thaw, you know all about the Great Modern Trinity: Proust, Kafka, Joyce! Your job allows you to read what you want in the Lenin Library in Moscow, second largest in the world after the Library of Congress... Banned Russian literature, banned foreign literature... Forge ahead!"

Vladimir Pavlovich whispers: "What did you say?"

"What about Ivan Ilyich?"
"Ivan Ilyich Golovin is dead…"
"Impossible… I saw him…"
"Sorry, my stop. Sorry for our loss…take care, goodbye."

In a loud voice, the Metro announcer summons the door open. Peter elbows his way through the squall of people on the platform, disappears in the multiheaded mass. Vladimir Pavlovich stands alone with this shocking news. Alone in his mind, pressed, pressured by hot bodies…tries moving deeper into the train car, feeling slightly wonky, he lifts his hand, holds onto the warm metal bar. Ivan Ilyich is dead… Ivan Ilyich… He'd seen him recently in the cellar restaurant where architects gather, the Soyuz

Club. "Hi!" they'd said to each other, smiling. Ivan Ilyich with his co-workers. Thoughts flashing.

Vladimir Pavlovich stops typing, considers his style, the syntax, punctuation. He sees ellipses...ellipses, not periods... And he remembers – a time long ago when he liked dashes. Yes! Dashes-dashes-dashes— in his amateur poems. Following on the heels of Laurence Sterne's *Tristram Shandy*! When he first read Sterne – it was so strange – being a semi-literate lover of literature – Sterne's 18th-century riot of ideas – it seemed so Avant-Garde? He knew that word! During The Thaw – there had been a Russian Avant-Garde! The forgotten, the jailed, the murdered... "We are the happy ones who lived in the 70s..."

Vladimir Pavlovich looks around. He needs a break. Just a short one... He approaches the tea drinkers: "Masha, pour me a tea, too. Thanks... No, just one..." With a tea cup, just like at home! Nobody pays attention to him... He takes a couple of sips of the hot tea.

Then something sharp, new, hot, extraordinary, blows into his mind. A revolution in thought? Writing is not a crime! No, no, no! Certainly not the dream of a man's death! Leo Tolstoy rescued him! This coincidence of *names* pushes him *to follow* the Classics! This book that he hadn't read with enough care... what a disgrace, to have taken it lightly! And now! Now he must go back, must diligently study the masterpiece, *The Death of Ivan Ilyich*! What will he do? Transform it into a different time, different idiom, different characters... Tolstoy's Ivan Ilyich is a "member of the Supreme Court" of Tsarist Russia! Vladimir Pavlovich's hero is I.I. Golovin, citizen of the USSR! That's it!

IV

Typing, typing! (he resisted the idea that he was hallucinating by checking that the keyboard letters were in their natural order…) In his head, something framed. Why no emotional reaction to this death? Colleague, co-worker, and – yes, adversary! That this should happen during a work week! Back! To the Metro… And to them! To his former colleagues! To Studio 20! And then to ask himself: "What more? And more? What next?"

He is on the street. He rushes, runs. To the Metro! To Moscow Centre, take the Metro, transfer to his internal cosmic space, to his working space – inside Mayakovsky Square! This is where his history began, where the entirety of being and of being an architect began… And then, out of tragedy, his break from it all… Thanks to you, Ivan Ilyich!

Again, the wagging wobble of the speeding train car. The same feeling… A bitter taste in his mouth… Pulsing temples… Stuffiness of the summer. It's only early June. Is there air conditioning in the Moscow Metro? The dark, mirroring window reflects…

A couple of stops more… Hey! Vladimir Pavlovich, can you honestly say what has been born in your brain? Confess, Vladimir. Send out your candid sorrow… Back two stops to his working space! To the Mayakovsky Square…Studio 20…

What station was he at? Which stop? He gets off at the Station of the Revolution. By this time, it is already afternoon. But he needs to go out to breathe before battle! To think, to dream, to breathe… "Okay… It is so simple… I can confess!" This is really simple! Vladimir Pavlovich sees Ivan Ilyich's office. He sees his dead colleague… And then, the room is empty. A legendary chair is unoccupied… Confess? His last two structures! Unfinished! The cause of his trouble!

Huge crowds, a multiheaded, multilegged mass… People are walking, strolling, talking, laughing, or just silently existing, a moving, nameless animated monster. It was always so in Moscow, particularly near the Kremlin, where there are so many tourists, guests, lovers of the revolutionary Red Square. Some just crave seeing the fantastic multicoloured Saint Basil's Cathedral under the blue, sunny, early summer sky.

Hey… Vladimir Pavlovich… You are in Red Square! Stop your sentimental sorrowing. At least for the moment. When were you here last? Around these amazing ancient stones of Russian history? A year? Two? Sorry, maybe 10!

As an architect, you always felt pride seeing some of the best architecture in the world. Even after your trips to Italy. After Romeo and Juliet's town, Verona, where you were shocked by the red-brick walls – so like the Moscow Kremlin. These magic, sacred red bricks of the Kremlin under the bright sky of Italy! Maybe it was a crime to say that during the Stalinist regime? But it was sublime happiness to see a bit of Russia in Italy! And the towers of the Renaissance in Verona! Like our Kremlin Towers! Their red stars, whirling, leaping from tower to tower to tower!

And the great Soviet architect, icon of Stalin's time, Ivan Zholtovsky...he appeared in Italy...he appeared in Vladimir Pavlovich's imagination! His Smolensky Tower, famous in Moscow. The inspiration for his idea! His, Vladimir Pavlovich's 24-storey building! The district, so distant from the Kremlin... Named a funny old name from hundreds of years ago – Konkovo-Derevlevo!

Vladimir Pavlovich turns his head toward the Kremlin Saviour Tower. He stops for a minute! He hears a great tolling call!

Bong! Bong! Bong!

You remember the name of the Italian master who built this Russian stone beauty, the main Kremlin Tower? Pietro Antonio Solari! Maybe he was from Verona? The style so familiar after the Verona visit... And the same details. The same snaggle-teeth around the top of the brick walls!

Vladimir Pavlovich thinks, smiling:

"To your happiness, Italian, Pietro Solari: you came to Russia long before the reign of our Ivan the Terrible (around 1490, as I remember). Thank God, you knew nothing of the destiny of two Russian artists, Barma and Postnik, who were blinded after they designed the fantastic St. Basil's..."

"Never again, nothing like this ever again! Put out their eyes!" Ivan The Terrible had said in his voice incroyable...

Bong! Bong! Bong!

Three hammers knock! Three o'clock! Time to go to Studio 20... You'll be a tad late...

"Hurry, to get in on time for the remainder of the working day! Preserve your mad impetus to write!"

Metro again! Two short stops! The short escalator... Left, then right, up the marble stairs... Run through the square. Vladimir Pavlovich's workspace for many years... The sunny days of early summer, the rising winds. He crosses Mayakovsky Square – Square of the great Soviet poet. Quick steps. So vigorous, so hearty. The rhythm of poetry. Yes, like before, like many years ago! Like the important part of his biography! A poet's life is so complicated, so mad. Politics versus Love... His great poetic lines filled with eternal optimism!

Stars being lit
Means someone needs them.
Someone wants them to be,
> Someone deems those miniscule lights
> Magnificent!

Vladimir Pavlovich pulled open the solid oak door. Showed his still-valid permit card. In the elevator, he smiled, greeting his former colleagues:

"Hi! I know this is a sad event! Such a terrible loss!"

He reaches the sixth floor. Studio 20.

V

"*Natasha! I hope you remember this escaped architect. I hope we're still friends. I'd like to see Mikhail Semenovich. I'll just be a couple of minutes...*"

"*Hello, Vladimir Pavlovich. So nice to see you. Of course, we are friends! Sorry, he's in a meeting now. Then he has lunch. Maybe you can join him? Please wait. Or call him tomorrow.*"

"*No, no! I will wait. Such a serious and sad moment. I should talk to him. Why else am I here...?*"

Vladimir Pavlovich closes the door. Such an inauspicious beginning. Vladimir Pavlovich is in the corridor. His colleagues move around him and pass him by.

"*Yes. Hi. Hi. And hi! Yes. And yes... I heard the sad news. It is so sad...*"

Leaning against the corridor wall, drenched in memories, Vladimir Pavlovich comes back to his new, difficult thought... He has doubts.

"*To run or not to run. But, the King is absent now... I have time to think... Maybe time to rehearse an impending, unpleasant conversation...*" *The chair... He's sitting...*

Memories flood his mind, stealing Vladimir Pavlovich's attention. His thoughts turn to an unforgettable moment at the Arch-Council meeting. The official meeting of this bloated building project organization! He remembers Ivan Ilyich's brave speech in defence of his Vladimir Pavlovich, towered (yes precisely,

Towered) Konkovo-Derevlevo! With an outstretched hand, he had pointed to the plans like he was Lenin in bronze, Lenin pointing, always pointing.

"We need to save this Soviet era Architectural statement! We need it! I say we need it! As an echo of our 50s genius, Zholtovsky! And we must heed the brave call of our young architect, Vladimir Pavlovich!"

A second architectural dream, the Youth Palace! Closer than Konkovo, much closer, on the Sadovaya Ring, a singular, non-industrial public building. A project ready to begin construction. But now – there are just the concrete ramps… Monolithic concrete… The exterior was to be glass, glass, glass! Oh, the craziness of it. Once, in a dream, I realized that my great temple needed a more monumental entrance! Some inviting stylobate! The God of Architecture whispered to Vladimir Pavlovich, "Add one more level!" It is possible! Just fight! Be stubborn!

After the sharp rejection of that project, Vladimir Pavlovich left Studio 20…

Vladimir Pavlovich checks the time. He has waited more than 30 minutes and he's tired of sitting. Changing position, he opens a notebook. He has an idea for a fragment of a story about those two buildings. And how he waited for his former, perhaps future, boss.

Unexpectedly, the elevator door slides open. Mikhail Semenovich's solid figure enters the hallway leading to his office. Noticing his visitor, he offers an interested but puzzled smile…

Vladimir Pavlovich leaps up from the chair:

"Hello Mikhail Semenovich!"

Mikhail Semenovich is surprised, but responds evenly:

"Is that you? You are here? Come in, come in, Pavlovich! Natasha, I am with a guest. Please, two teas for us. Sit down, feel free."

VI

"You have his portrait on the wall! Our Ivan Vladislavovich."

"I always respected Zholtovsky. But after your 24 floor complex, your precious baby, your Konkovo-Derevlevo, with it's rotunda-crown like Zholtovsky's Moscow building for the Soviet élites – I ran into problems because of your bravery, the Renaissance style Zholtovsky had injected into that Stalinist Epoch when we were in the grip of Gulag culture, when all the revolutionary architecture of the past deteriorated into wreckage, all failed! My God, just a couple of Art Deco buildings put up to tease us, the scent of the Capitalist West stuffed up the noses of our leaders..."

"Mikhail Semenovich..."

"I certainly held Zholtovsky in high regard. His pretending that he'd forgotten all our revolutionary avant-garde achievements – trying in spite of everything to give our Soviet gods something human in the form of architecture, tried to draw them away from ideological and political terrorism..."

"That swarm of bees were all around us all the time. Now, too. We can be stung..."

"I like your tone. You are still a new voice, Pavlovich! Bravo!"

"No, it's just I'm inspired and saddened by my friend Ivan Ilyich."

"I thought you came to share our grief. But I can guess why you are really here."

"I saw Zholtovsky on your wall. It was so exciting for me to recall the love Ivan Ilyich had for him. My Konkovo-Derevlevo project was rescued by Ivan Ilyich…and for both of us, our inspiration was Zholtovsky! His Solensky building."

"Vladimir, it's done. And are you happy?"

"I went to Ivan Ilyich, and asked if I could renovate our Youth Palace!"

"Oh, my God! Nobody wanted to let you touch the second floor! You know that. But you've come quite a long way since then."

"Let me finish my work. I've lost my friend and mentor, I want to finish what I started."

"Just come to the funeral! Hey Natasha!"

"He is alive for me…"

"Yes, yes! He's at the morgue! You are absolutely crazy. I remember you don't smoke…but let me show you…this is a gift from a German Company."

"Sorry, I don't!"

"No, not for you. When we were young Ivan Ilyich and I smoked together. It was difficult to find a place to smoke. We smoked in the stinking washroom like school boys!"

"Why remember that?"

"A couple of days ago, we completed a renovation – a special smoking room with expensive German equipment! Great ventilation! It's a big money deal to make our Institute more modern. Big money! A new lifestyle for us. Our girls want to be like the Hollywood Stars of the 30s."

"Don't show me a new interior. It is strange enough to be back here even though I am the same. Today, it seems, nothing has changed!"

"Today? Today's a very gloomy, rainy day."

"Today is a June day. Beneath a big, bright, Moscow sky!"

"Yes, June 14, 1975. Just two days since Ivan Ilyich's death. There is his comfy leather chair, which he bought with his own money. Still warm after his ass has gone cold"

"Ivan Ilyich! May he rest in peace… We are alive."

"You make me wary. You won't understand the Youth Palace! We're already at the second floor! You look exhausted! Go home! Sleep, Pavlovich!"

"Mikhail Semenovich! My Uncle Sam! I feel naked, abandoned in the world without Ivan Ilyich."

"Maybe you need a little funeral food, vodka in his memory?"

"Don't mock me…"

"No…!"

"I am… I am your honest servant! Maybe the first and best!"

"You're pushing your luck! Natasha, see our man off! Call Lubov Arkadievna!"

VII

Ivan Ilyich died in hospital in the Baumanovsky District, east of Moscow. Two days ago, after a week in the intensive care ward. Three weeks before, he was lying on his sofa, bedridden at home. His kidneys failed. For many years, he'd suffered the symptoms. He'd gone through serious treatments. Urinalysis, ultrasounds, angiograms – all routine, until the last bout when his kidneys went into total renal failure. In the early morning when he was on his way to work. The emergency ward doctor suggested that he should be at home. No work. So, he went home. Alone. He phoned his friends. Called about projects on the go. His wife, Praskovia Fedorovna, called, asking if he needed her help. He did not. His nephew, a foster son, Gerasim, tried to help him. And when Ivan Ilyich's condition worsened, Gerasim was there for him every afternoon. The young man was quick and handy and fed his uncle, sitting beside him on the sofa. Ivan Ilyich was happy with this. Ivan Ilyich went downhill quickly. Gerasim tended to him every afternoon. The Boss told him his being sick would be treated like vacation time.

Vladimir Pavlovich thinks that it is better to describe what Tolstoy's novella says in its most psychological, painful flights into the cosmos. He is not Tolstoy. He is at home, at his desk. With great sadness, Tolstoy's novella awaits rereading:

When I am not, what will there be? There will be nothing. Then where shall I be when I am no more? Can this be dying? No, I don't want to! He jumped up and tried to light the candle, felt for it with trembling hands, dropped both candle and candlestick on the floor, and fell back on the pillow. "What's the use? It makes no difference," he said to himself, staring with wide-open eyes into the darkness. "Death. Yes, death."

No. The dying Soviet architect is much happier. His Gerasim is not a serf, a servant of the semi-rich from pre-revolutionary Russia. No. Gerasim is a nephew, a close young friend.

As he lay on the sofa, Ivan Ilyich said to Gerasim.

"When you are near, Gera, my pain goes away. But my pain is sharper, constant. I am happy you are here…"

"Soup's ready, Ivan Ilyich. Chicken noodle with some veggies. The chicken is Hungarian. It's okay? And I bought spinach pies at a new café. Yulia's suggestion. Remember her? Our nice waitress? She knows you are at home. Take this piece of pie. Eat it with the soup…"

"Gera, these are all so delicious. Thank you, dear…"

"You okay to eat now?"

"Yes, dear. I feel I'm hungry. I need to eat. Thank you, Gerasim…"

"The sofa, you can't lie on the sofa for a whole day. Ivan Ilyich, you need assistance."

"I am much better now. And I have this hellish need to share with you what's going on with my kidneys… You hear me? You are so tolerant, poor boy."

"Ivan Ilyich! Your story needs ears."

"About food. I have lots of funny stories… I remember a couple years ago, my appointment with the Main Moscow Urologist."

"That wasn't easy to get!"

"Right! What a woman! She looked like Catherine the Great! Ella Eduardovna! She stared deep into my soul! Her words were magic: 'Metabolism, metabolism, this is reason enough…'"

"You're so funny…"

"She made a pronouncement, a treatment plan, in her measured tone: 'A paradoxical diet for Russians who are not alcoholics. And you are not one. So, 50 grams of vodka before breakfast, for seven days! No Stolichnaya, you need Moskovskaya – the bottle with the green label. Good luck!'"

"What? Is that a joke?"

"It's the truth, absolutely…"

"Okay…"

"Imagine – after my morning vodka, I'd go to my job! Young Natasha had just started working at Studio 20… She was afraid of me, reeking of morning drink… Sorry… This ache in my lower back! Please, dear boy, rub it… Lightly… Yes, like that… And take your soup away…"

"Lie on your stomach…"

"Okay, I'll try. You're the best doctor, Gera. I am almost okay… So, this woman was so elegant and beautiful…"

"Who?"

"Ella Eduardovna. With her mad diet. Did it help? I don't think so. I met her at the Bolshoi with some strange friends. I greeted her and thanked her. I was well at the time."

"Is there something you want?"

"Something different… I need the washroom, quickly!"

"Hold on to my neck."

"This must be very unpleasant for you. I am helpless."

"Uncle? I am your caregiver…"

"Stop here, Gera. I'd like to sit a bit on the chair…"

"No problem."

"Listen! This is not about my stupid kidneys. I want to help you, Gera, in no small way."

"What do you mean?"

"See the thick illustrated book on my desk? The big one?"

"What of it?"

"I'm emptying my home these days, there's this volume… Canon of the Five Orders of Architecture by Vignola. It's the textbook on architecture and building. It was a textbook at our Institute. I had a dog-eared copy, very old and tattered. This glossy volume is one I bought a couple of years ago in Italy! You remember what I brought for you?"

"Thank you again, it was such a warm sweater!"

"My heart belongs to Florence. And that is when Michelangelo wrote these words as a poet. He loved poets, passionately, love was king in his heart."

I'll be clear and certain, free of doubt.
If you hide from me, I'll pardon you
When you are out and about
Even if I'm blind, I will find you...

"I've got a pulsing pain…"

"What can I do?"

"Just listen! Be stubborn! Love your life! Go to Italy and study Classical architecture there. I've told you many times. Before your pilgrimage to Italy, explore Vignola's book. Oh my God! Again…"

"Calm down. Don't talk!"

"God, it's so bad. The pain…Please, go to Italy when you get the chance. Understand, Gera? Italy. A builder needs to know the Renaissance. We have money…"

"Is it worse?"

"Call them."

Gerasim calls an ambulance.

"Gerasim, call Mikhail Semenovich, but don't call Praskovia. Let her find out from the hospital."

"Don't worry".

"The Vignola book is on my desk. Bend down. Let me kiss you…"

VIII

"*Give me a cigarette.*"

"*Okay… Yes… To sadness… But you know, Angela, and you, Glafira, one of my friends died three times! Don't laugh. It's true!*"

"*What do you mean, died three times? What kind of madness is that?*"

"*It's the truth. Once – it was almost real death. Some sort of clinical death under the knife during heart surgery. The doctor pronounced him dead, and then told his wife who was waiting in the lobby… She fainted…was taken home…her friends and relatives gathered!*"

"*Okay, but listen – Vera told me Praskovia Fedorovna's already visited him in the morgue… I wonder what she'll wear for her funeral gown? She's a fashionable woman… Maybe that explains their separation.*"

"*No, it was something else! He was a man. She is a woman. Even today, she is attractive. But why didn't they live together? He was such an easy man… Now, his widow will have to look after all the financial matters. She's still his wife with all her elegance. They weren't officially separated, poor woman…*"

"*Oh, we forgot to mention his Kaluga guy, Gera or Gerasim or something. Sounds like a Turgenev character, doesn't he? Gerasim and Mumu.*"

"*Gera is Ivan Ilyich's distant relative, but they were very close…*"

"I know. Ilyich brought him in from Kaluga. More like a second cousin twice removed Ilyich was very kind but he didn't have a lot of family... Gera was working here for a while... How many years ago was that? A few? Angela, you must know. You were the closest to Ivan Ilyich."

"Not that close. Right away, after we completed college. Three, maybe four years ago... All that time Gera was under Ivan Ilyich's wing... Gera is attractive enough, tall, but timid and oh so boring... I just helped Gerasim when he started working here... Ivan Ilyich asked me to sit near him..."

"Anyway, Gerasim was his caregiver but he cannot replace Praskovia now."

"Such a strange name – Praskovia. Remember The Death of Ivan Ilyich? Reality is beginning to imitate art! Don't laugh! Somehow, it all seems so strange and so familiar: Ivan Ilyich and Praskovia Fedorovna – Tolstoy's couple.

"How did Turgenev get into the conversation?"

"Gerasim came from Turgenev's Mumu. Not all the names coincide."

"I'm not much of a reader. Maybe you've got something to say, you're our resident intellectual, Eugenia? You read Tolstoy?"

"Before I say anything, please, another cigarette... Yes, I've read The Death of Ivan Ilyich. I'm not sure I remember the names of all the characters. It was a long time ago. And shut up about me being an intellectual! It's bad enough you think of me that way."

"Okay, okay... Have another cigarette. Relax and tell us what you remember..."

"Well, as your resident authority, I can confirm the coincidence – Tolstoy's Ivan Ilyich had a wife named Praskovia, and she even had the patronymic Fedorovna."

"Really! That's crazy!"

"Stranger coincidences have happened. Now, wait for it – Tolstoy's Ivan Ilyich, as I recall, had a serf-servant, a guy named Gerasim! It should be impossible, but it is true. Tolstoy's Ivan Ilyich loved his servant, Gerasim, more than anyone in the world, particularly when he was ill and dying."

"Oh, my God! That's bizarre. That's impossible!"

"It's an important book. A masterpiece of literary architecture. Girls, my friend, Boris, the one from the library faculty, he told me that some serious critics have suggested that the two Tolstoyan men – Gerasim and Ivan Ilyich – had some sort of Freudian thing going on."

"The Tolstoy who created great women like Anna Karenina, he had a powerful wife, Sofia Andreevna…"

"Tolstoy loved the great actress, Sarah Bernhardt, who played Hamlet…"

"Where did you read that?"

"I remember in Tolstoy's story, Praskovia Fedorovna talks about this French actress, coming from her performance…"

"Eugenia, you really are some expert!"

"I have an idea! I will be back soon. The library's close by!"

"There's no time, Angela."

"I didn't expect this when we started talking about a funeral… I am already poisoned by sitting here smoking for 20 minutes. Let *me say this: we know nothing of our Ivan Ilyich's private life with his Praskovia. Once, I watched their faces through a glass wall as they had a vicious fight. They were still living together at the time."*

"Oh, shut up. We don't know anything about them! Their private lives are not ours to discuss. Listen, I can't say this out loud…"

"What's the gossip?"

"I just saw our departed, neurotic genius, Vladimir Pavlovich, waiting outside the door of 'King' Mikhail Semenovich. He probably smelled us in here burning away our work hours. Pavlovich, Pavlovich!"

"Eugenia – is there a Vladimir Pavlovich in Tolstoy's novella?"

"No."

"Are you sure? Too bad."

"Tolstoy must have missed him. He's everywhere. So, Vladimir Pavlovich is not a Tolstoyan character. He is not trapped in someone else's story and he's got to create his own destiny, serve his own plot. Like us. He is the master of his own fate."

"Vladimir Pavlovich…should I really envy whoever's going to replace Ivan Ilyich in this reality? I mean, will he inherit that very nice leather office chair. I once made a telephone call from Ilyich's office while sitting in that fantastic chair… It was an amazing experience for my poor little bum, so used to our hard chairs."

"That's no way to talk on the day of Ivan Ilyich's funeral. You should be ashamed of yourself. He's not even stiff and already

you've got your ass in his chair. Glafira, you can be so thoughtless. Passionate Lubov will get the leather chair. She hates us women, hates all our bantering."

"Calm down, girls. Natasha is coming down the corridor. She'll hear us and…"

"Natasha. Come on in for a smoke."

"Thanks, but no thanks. I'm busy. Mikhail Semenovich, along with Lubov Arkadievna, wants to invite all of you to join us in planning a memorial for our late Ivan Ilyich."

"Time to butt out."

"Please, girls, come along. Eugenia, don't light up another. It's time for the meeting. I'm on orders."

"Natasha worries so much about orders. Girls, butt out and march on…"

"I am not finished. I'll catch up with you. Have a second cigarette. Natasha… I'll finish, then I'll go."

"Eugenia, you are incorrigible…we love you nonetheless."

"Are you back, Angela? Brought the book?"

"Are you alone, Eugenia? I fetched the book and found a passage where Praskovia Fedorovna talks about Sarah Bernhardt."

"Angela! We've got to run!"

A second, listen:

> "Praskovia is in full evening dress, and Ivan remembers that
> she and the children…

"Okay! I remember…!"
"Just this! Please, listen to:

> "…and the children are going to the theatre to see Sarah
> Bernhardt…"

"We missed you on our break. Natasha rounded up the others.
I'm finishing my smoke."
"Strange!"
"Angela, give me your hand and keep running! I know. Sarah
Bernhardt was visiting the town and they have a box, which Ivan
Ilyich had insisted on their taking… Nothing special."
"Turn into this corridor! It's closer!"
"We need to catch up and offer our respects to the memory of
Ivan Ilyich. He was a good man, that Ivan Ilyich…

IX

Interlude

The words of a young woman:
*I am your Love and I am here because you have the joy in your
heart that is the tower of Konkovo-Derevlevo that you scaled
in darkness and the joy that lies in the power of becoming a
Russian troubadour whose pipe will play the haunting music of
Russian architecture as it dances, yes, with the beasts of the
Konkovo forest and yes, dances with me to the heights of beauty
and imagination and flies with me through the vertigo of success
to the heavens of invention and fame and the vanity that surges
in me as I climb from floor to floor through troubled dreams
among drafts and sketches and reams of tracing papers amid
the clouds of those free conceptualizations that constitute Love
and yes, Love raised heartbeat by heartbeat until we see how
Love sustains as you feed this brainchild of your genius to the
cold whims of time and fate while holding me your love in your
heart clothed and fed by everything you have filled with the love
found in concrete structures grey and motionless as winter as
they conjure and walk the delicate fulcrum points of ideas filled
with the happiness that is located in the strength of a steady
beam or a horizontal plane that by its very natures declares "I
am made of love!" Vladimir Pavlovich! Fly to your next 12
storeys and sing of each as if it has its own life on another step*

toward a glory alive and reborn with each inch reaching always reaching higher and seeking more love in every aspect of its making! Set aside insult and hatred and envy and pride by spiraling higher and higher in your tower through a darkness lit by red stars shining on the Kremlin's towers...

"*The Kremlin,*" you said? And smiled. "*That's so patriotic.*"

Nightfall when Vladimir Pavlovich came home. No food, no appetite. He'd had a late lunch. Opening the fridge, he took several swallows of a cold beer and walked into the empty bedroom… Thank God his wife had gone to see her sister in Kazan. Vladimir Pavlovich. was glad to be alone. He fell onto the soft mattress of the daybed, still wearing his new tweed jacket and new silk tie. He looked at the corner of the ceiling where the walls met, and felt a sense of mad connections…the top, or inner ceiling, of his tower, his obsession, the Konkovo-Derevlevo… Studio 20's swan song… Vladimir Pavlovich couldn't close his eyes. He hated these three intersecting planes – two converging walls and this triangular piece of ceiling held together by a band of angles.

He turned onto his left side…

"Maybe Valocordin? A bit of barbiturate…"

He swallowed 10 drops in water and returned to bed…

"Valocordin is good on extreme occasions. Visions of the Youth Palace! Ivan Ilyich, stubborn old adversary – you died. Can't take your victories with you? Please go away! Give me a chance to make a small change at the building site… This is mine, not yours. My Konkovo is still in progress! Go away, let me sleep, stop haunting me with your ideas…accusations implied…"

Vladimir Pavlovich was quiet. Breathing unbroken. Already asleep? Yes, or so he thought. Anna Karenina watches the same ceiling corner in her bedroom… Anna hated her vision just as much as Vladimir Pavlovich hates his. But then, sharply in focus in her mind, Vronsky's gloves! He left them in her lobby, hurrying to his fiancée…

Gloves? It was a cold November… Vladimir Pavlovich is still a student… his memory friend, Boris, cries out:

"Vladimir! Go to the Serpukhovsky Store! The leather gloves there are beautiful and warm. They're made in Romania. You hate your knitted mittens so much…"

"Thanks, Boris!" (The next day he left his new gloves in a phone booth.)

Modulating chords:

Bong! Boom! Bong!

Three? Midnight? A slant. Maybe early morning. This carousel with Semenovich… the Zholtovsky portrait… a new smoking room, and what more… what more? Yes. The death of Ivan Ilyich… why is the light still on? Why didn't I turn it off? So hard to stand… damned light. It will help my eyes to adjust in case Ivan Ilyich comes to rattle his chains. No. He's not a ghost who comes through the wall or through the ceiling or through that corner pretending to be the top of Konkovo-Derevlevo Tower… Ivan Ilyich is dead. This is the death of Ivan Ilyich. Do I not remember the novella by Tolstoy? So many things echo each other. Life echoing art and art echoing life:

Boom! Bong! Boom!

The Kremlin bells sound through the Moscow sky and no one can dream. Ivan Ilyich is in the morgue… Ivan Ilyich is cold and stiff…is it really him…who is the real Ivan Ilyich… Tolstoy's? I hear his footsteps! Modulating, ringing chords! Solid, solemn, grave, basso:

Bong! Bong! Bong!

The tolling tower! The sound of the Kremlin Saviour! The Derevlevo small tower? A great idea – for Konkovo-Derevlevo, a tolling clock tower! It would have sounded:

Boom! Boom! Boom!

"I know it is 3:00 a.m. I know I am home and not in Red Square… By losing my mind I may find myself. I am me, therein the mystery."

Again, clear, distinct steps…the footsteps of Ivan Ilyich. He's already at the bedroom door.

Vladimir Pavlovich is not afraid… He thinks he sees Ivan Ilyich…moves closer to the bedroom chair…guest or ghost? There is no smirk on the old dead face… Ivan Ilyich stares at Vladimir Pavlovich, he has cold, empty eyes. He stands up and steps back… The door shuts. The echo of the elevator's descent:

Boom! Boom! Boom!

Three o'clock was one or two hours ago. Now it may be five…

Through the bedroom's crepuscular hours, Vladimir Pavlovich keeps track of the three bells of the wall clock:

Dizzy, unstable, and shaking, Vladimir Pavlovich goes to the window. The bright, icy moon cuts the black sky. Sharp shadows angle into sharp shadows in the backyard. Where had Vladimir Pavlovich seen such shadows? German Expressionism. Dr. Cali-gari… Caligari… At the Institute of Cinematography when he *was still a student… But now Ivan Ilyich sits on a bench in a children's playground, Vladimir Pavlovich's residential building… Stubborn old man! Why didn't he keep to the morgue?*

"I need sleep, I am a watchman at the window. I ask you politely, please go away, stay away, stay my dear dead friend…"

But Vladimir Pavlovich hears:

"Pavlovich, leave me alone! Get a new life…"

A voice lying low. As if spoken through wet paper.

"A bracelet of bright hair about the bone, it burns."

Who said this? A moonlit backyard full of trash containers, that's where Ivan Ilyich is resting. Barking, growling. Agile animals, shattering the stillness as they hunt for food. Behind the dilapidated fence, the centre of the nearest road is striped. Lusterless streetlamps… Ivan Ilyich sits in the backyard. Is he dead? Ivan Ilyich: when and why did you die? No. Maybe Ivan Ilyich dreamed he was a dead man…a dream in his head. Maybe in mine, too.

The moon slides behind the clouds. Vladimir Pavlovich sees the Youth Palace! Ivan Ilyich is motionless as the shadow of a building. He sighs dead breath. He is fluttering his hands like the conductor of a symphonic death chord:

Boom! Boom! Boom!

"Pavlovich! Sleep! You are my enemy, my friend."

For many minutes there is silence…but again, the dead man's voice:

"Is it not enough for you to triumph as the creator of Konkovo-Derevlevo? I made all that possible. Greedy demon!

Sleep! You won the competition for the tower because I am dead, also – thanks to your faith in that American, Mies van der Rohe, his hanging walls. Many of the project judges haven't adapted to him yet…they don't like him…but they will… Your love of our great Russian, Zholtovsky, is the key to how you lie! You claim to love Zholtovsky! You are a liar! You resurrected the corpse of Stalinist Gothic, five-storey, contemporary industrial huts! Shameful. God damn The Thaw! Sleep.

XI

Shivering, his body hot, sweaty. A fever lacking temperature. Vladimir Pavlovich lifts heavy eyelids. Where is he? Home. Thank God, in his bedroom. On his bed. The burning light is too bright. He screws up his eyes. What happened? What time is it? Is it still night? Why didn't he take off his shoes? Tingling ankles, a prickling in his feet…pain in all his joints and muscles…it is too hard to crawl on the floor. Shaking, Vladimir Pavlovich approaches the window. Night is still behind it. He pushes the window open partway. The air is chilly. The night smells of June and penetrates his lungs. Smells brush against his sleeping face. His brain doesn't realize he has had a nightmare. He pinches his cheek. Painful. He looks down from his open window. Night is ready to meet the day, a slight rosy line in the low clouds. The moon is still high, slowly slipping, slipping away…

Vladimir Pavlovich went to the funeral. Natasha had called him. It was around nine. After such a bad night, he needed to get going. He'd had enough of bed terror!

Should he continue to seek redemption through real life? Could there be good terror? He's opening the door to the sorrowful ritual. It is underway. He can see the body of Ivan Ilyich… Vladimir Pavlovich… His eyes blind after the nightmare… He realizes he cannot recognize his colleagues gathered in the room. He is sure all members of Studio 20 are there. He needs to see the corpse up close…to see how death has transformed the man...to grapple with how life is changed to death. What does the sheen on the skin – the alabaster sheen – mean? Is the sheen light?

Vladimir Pavlovich stands by the corpse, focused on the unmoving face, on the dead architect's functionless body. Sucking for air, close to collapse. Again, he is haunted by a Youth Palace mistake in design, a flawed structure, an inept project... His almost friend is steady as stone. Is the body a spectre out of German Expressionism, not merely a man reducing himself to dust but a mirage? Maybe he has simply closed his eyes, and the world has gone out like a light, not Ivan Ilyich. Vladimir Pavlovich bends to bring his forehead close to the corpse, he kisses the forehead, shaking with loathing, then steps back a little to gaze on the still face of the dead. Sorry, he thinks to himself as he addresses Leo Tolstoy who presides over such matters of love and death. Help me to understand this sad vision:

> The dead man lay, as dead men always lie, in a specially heavy way, his rigid limbs sunk in the soft cushions of the coffin, with the head forever bowed on the pillow. His yellow waxen brow with bald patches over his sunken temples was thrust up in the way peculiar to the dead, the protruding nose seeming to press on the upper lip. He was much changed and grown even thinner since...but, as is always the case with the dead, his face was handsomer and, above all, more dignified than when he was alive. The expression on the face said that

what was necessary had been accomplished, and accomplished rightly.

Besides this there was in that expression a reproach and a warning to the living. This warning seemed out of place, or at least, not applicable to him. He felt a certain discomfort and so he hurriedly crossed himself once more and turned and went out of the front door — too hurriedly and too regardless of propriety, as he himself was aware.

Caught in a daylight nightmare after a sleep, Vladimir Pavlovich could not find rest, nor any comfort in death, but only wandered through a pale shadowed conversation with the dead, with speechless jesters, with mourners among the living who stood or shuffled, captivated for the moment by the dead, uttering short eulogies, an odd tirade, tears amidst a shallows of sighs, silence, incomprehension. The mourners overwhelmed him... and then they asked Vladimir Pavlovich to speak. They touched his hands, shook his hand, squeezed him...someone stroked his hair, kissed him...women, men, even children with their attending parents...mostly unknown faces... Vladimir Pavlovich recognized a woman running through the crowd... Praskovia Fedorovna? Yes. In black, looking younger than when he'd last seen her working in Studio 20...all were in some way connected to Studio 20 and the creative life of Ivan Ilyich...involved in this incomprehensible ritual...attending to a death.

Vladimir Pavlovich had to get away, get away and get out of his imagination! Having been so close to the motionless thing in the coffin...death had touched him, made him feel that a small part of himself was dying...is dying, slowly...

Suddenly he is held by familiar hands...his wife? He hardly recognizes her...she looks so strange...When did she come back to Moscow? Did something happen to her sister, making her come so quickly from Kazan? Who's the woman talking so seriously to his wife? Lubov Arkadievna. She, too, is dressed in black. She whispers something into his wife's ear, nodding with an apologetic smile...such a strange smile...lingering in Vladimir Pavlovich's mind, that strange, apologetic smile...

XII

Reality, fantasy? Who can tell? Who needs to tell? A break in the sequence of running days... We come to the moment when we must examine the brief writing career of Vladimir Pavlovich. Maybe his Moscow typewriter has broken. Maybe he has left the Research Project Institute and the Optima typewriter behind. Why is this portion of the narrative not in italics?

We all know time flies...that's why it's a cliché...it contains an eternal nub of conventional wisdom... A day, two, three, maybe more. A month? A year? A world of words and pages, it collapses faster than the memories it attempts to animate. It quickens like the living while becoming motionless like the dead. A stasis at the heart of the cyclone. The typed sheets are on the table...they are ready to come to the end of this story... the final pages describing how Vladimir Pavlovich visited the funeral of Ivan Ilyich, his late, lamented, almost friend, who was both honoured and disdained among the living.

But where is Vladimir Pavlovich? Some people who were his colleagues in Studio 20 or were mere acquaintances, say that he is okay. What do they know? When even he doesn't know. Is he a writer? That remains to be seen. Maybe he is back at Studio 20, dreaming of modern industrial cathedrals, all racing the wind into the sky, newer, higher, spurred on by the wax wings of his imagination. Maybe, he is still standing, dumbstruck at the funeral for Ivan Ilyich, fixated on the mystery of death, and wordless in the face of a body about to become dust. Maybe all suggestions are idle speculation, rumours that run rampant among those who barely know what's what with whom and where?

Someone says Vladimir Pavlovich is a writer. Maybe not. Maybe he is sitting in the comfortable leather chair that once belonged to Ivan Ilyich.

Framed, and next to the portrait of Zholtovsky, is a portrait of the late, lamented Ivan Ilyich. Vladimir Pavlovich, smiles at those who come into his office. He is careful when it comes to smiles...he hoards them, measures them out, maintains a professional, creative distance.

"Ah, Lubov Arkadievna, please come in! For you I am free. The result of our recent competition with Studio 10 has just come to me. Congratulations! Yes, the normal bonus. Is the Subaru okay? You can choose something different, perhaps a cottage for your relatives from another city, for instance?"

"How about you, dear Vladimir Pavlovich?"

"Me? This doesn't matter... I prefer an austere Volvo, stealing down the Russian forest roads...if I had my choice in the matter..."

"You love to live modestly, Vladimir Pavlovich."

"Closer to nature. Always, I'm studying nature..."

He let his smile linger in the air.

XIII

A bright, almost blinding light. The fresh, green, splendid foliage of trees abounds. Probably, it is June. A June from some years ago... The silky grass touches the sandaled feet of two men. They are strolling, enjoying this divine landscape. One holds a book that has a leather cover. The second waves the twig from an exotic tree. They discuss the layout of the Acropolis, they try to count up all the ancient Greek temples, including those demolished or destroyed by time or wars. They recall and reconstruct, in words, the shape, structure, colour and details of the ruined promontory. They are Ivan Ilyich and Ivan Vladislavovich, the latter known as the architect Zholtovsky...

They stop, look around. Zholtovsky is slightly worried:

ZHOLTOVSKY:
Who or what is following us? Like a dense cloud, a dark shade, close in pursuit, so persistent...

IVAN ILYICH:
Behind? Above? Who is it? Many among the living are saying goodbye to their lives...but they are not ready to join us. Maybe, my friend, my colleague, and master architect, a good man is sickly but ambitious. He is still naked on his ascent into our holy land... In my past life, I went through a period of creative harmony and then a cleft in time full of

dissonance...as a result, my farewell bordered on the tragic... and now, that man who was there to say goodbye to me wants to come to us, I recall the sonorous toll of the Kremlin Saviour Tower bell – solemn, grave:

Clang! Clang! Clang!

ZHOLTOVSKY:
He should be in no hurry, whoever he is. He'll get here all in good time.

IVAN ILYICH:
Is Vladimir Pavlovich an admirer of yours, Ivan Vladislavovich? Your Stalinist Renaissance revival inspired him. He went to Italy, retraced your itinerary – wanted to know what you had known, learn what you had learned. He saw Palladio's work in Venice and Vincenza. He was passionate about your style. It became the whole engine of his being.

ZHOLTOVSKY:
Intriguing...someone remembers me...do you remember my speech to the Moscow Architects? I forget. Sometime in the middle Fifties. You were there. And if he hears us now, I can repeat it all, verbatim:

"Architecture is called upon to create structures for enjoying life, not just for people who are living now, but for future generations also."

IVAN ILYICH:
Bravo!

ZHOLTOVSKY:
The Renaissance is alive now. In Italy, certainly...but especially in our great Russia! It lives in my structures, in the Soviet buildings of the 50s. Now, there's this pure art. They called it Stalinist Gothic!

IVAN ILYICH:
Pure!

ZHOLTOVSKY:
Depends on your angle of vision. It's serious. It was 1925. I went to Italy to see Palladio's work in Venice! Those were the days. We thought there were endless possibilities, we were going to reinvent the great ages in our works and in our time. Hustling through those narrow little lanes, I leapt into a gondola. I cried: "Young gondolier, do you know – Venice is built on Siberian larch, it's a wood as hard as iron? There were 400,000 ironwood logs from outside the Angara River driven into that salt marsh at the head of the Adriatic. They were brought to Venice starting in the Fifth century... Venice was built on such a foundation...roofed in the soil of Mother Russia."

IVAN ILYICH:

Ah, yes, but who hauled that unique wood to Venice? Nobody knows. We lose so much as we lose time.

ZHOLTOVSKY:

Gondolier, you should learn Russian and sing in Russian, sing your song in the tongue of your city's roots. Not understanding what I'd said, he sang:

> *Sing, sing – there's now nowhere to go…*
> *Venezia mine,*
> *You made me fall in love…*

IVAN ILYICH:

Bravo! I wonder whether St. Peter loves it, too…and whether he likes the story of it being Russian wood that keeps this city afloat on pastel waters of its own reflection?

ZHOLTOVSKY:

Singing an Italian song is giving voice to great art! And architecture is music, too. I listened to the Italian songs of the Renaissance and I wanted my buildings, my designs, my works, to be a hymn to life, not only for people to behold, but to live in, to work in! Imagine being embraced by music as beautiful as the light of stars.

IVAN ILYICH:

You were so happy before we came to this world! Ironically, that brute, Stalin, saved you and your vision. I led a slightly different life, but I was happy, too...

ZHOLTOVSKY:

I can't count how many times the secret police questioned me. It was a time when so many went silent. My attitude was relief, maybe even gratitude, because in that terrible silence I was able to speak through my works. It was my special time. My happiness was built on seeing and loving the great Palladio. On my knees and in tears, I prayed in Palladio's San Giorgio Maggiore in Venice. And I brought the bell tower behind it to Moscow! My vision honoured – my dream – honoured by Smolensky House, my tower...

IVAN ILYICH:

Our iconic monument...

ZHOLTOVSKY:

Remember Gogol? *"Architecture is a chronicle of the world: it speaks when songs and legends are silent."*

IVAN ILYICH:

The sound of Gogol's *Dead Souls* in Italy. But your voice – your reverence for Andrea Palladio, it humbles me. I spoke to the

Moscow Arch-Council on behalf of Vladimir Pavlovich's tower on the Konkovo!

Vladimir Pavlovich's voice (as if uttered in a muted thought): I can hear you talking in my thoughts. Past friends, future friends in eternity!

IVAN ILYICH:
Are you anywhere close by? You're always in a hurry. Don't be in such a hurry to join up with us. We're eternal, time means nothing to us. While it means everything to you, and you'd better make good use of it. Take a deep breath, go out for a stroll the grass. Breathe! Breathe! In heaven, the air is thin...later... we can discuss your Youth Palace.

ZHOLTOVSKY:
Was that Vladimir Pavlovich?

IVAN ILYICH:
He's on the waiting list. Saint Peter is so busy. Madcap times, I guess. So many candidates waiting to be called. Him, I'm not so sure about. Maybe he'll join us. Ivan Vladislavovich, let's go up Cypress Alley and see who the newcomers are.

SAINT PETER:
Please, Ivan Vladislavovich, take it easy, you've been here longer

than you think. Take a seat under these holy trees. Kick back in the shade.

ZHOLTOVSKY:
Saint Peter! You're still making Christ look really good...

SAINT PETER:
Who's that with you? My goodness, Ivan Ilyich, so soon. Zholtovsky – times are going to be good for our architectural community. I wish you both a pleasant afterlife!

IVAN ILYICH:
Leo Tolstoy was right: How good and how simple... And my pain? What has become of it? Where is your pain? And death? Where is it? ...Death is finished. It is no more...

SAINT PETER:
Next! Oh, there you are, Vladimir Pavlovich. While you're waiting, try to do something about envy and ambition. When your time comes, I'll take you down our Holy Cypress Alley, but not yet. Keep to your own body and your own head.

VLADIMIR PAVLOVICH:
But I've been waiting and waiting and I'm afraid I'll lose touch with my friends...

SAINT PETER:

Always anxious. Always brimming with perplexing thoughts, your worrisome energy. I don't recall you calling Ivan Ilyich your friend. Adversary, or…almost a friend is more like it. Work on that. More meditation wouldn't hurt. In the meantime, don't worry. You'll get here sooner than you think, the Lord willing. Don't block the way. Next!

FINAL CHAPTER
VERSION ONE

The morning rush-hour Moscow Metro is crowded…so crowded …crazy Moscow! How many millions? Every year, the population explodes. Vladimir Pavlovich catches sight of someone familiar, a face among faces! That's him, his former colleague, a young architect. Can't remember his last name. Near enough. A sudden recollection: Peter of the notorious Studio 20. Yes, that's him!

"Nice to see you, Peter!"

"Vladimir Pavlovich. Glad to see you, too!"

"Haven't seen you for a while. I've been planning to drop by to visit my former workshop. What's that? Can't hear you. So much noise!"

"Come see us, Vladimir Pavlovich, come see Ivan Ilyich!"

"What happened to him?"

"He just turned 60! No invitation? You should've got it. I saw your name on the list…you're invited. My stop! See you soon…"

The young man, thrust onto the platform by the crowd, disappears. Vladimir Pavlovich turns to the dark window. He stares at his image in the glass, all his thoughts and fantasies in a prerevolutionary Tolstoyan dream world crushed by reality.

I am sorry, Ivan Ilyich, for putting you through the perils of my imagination. Long life to you, Ivan Ilyich! 60 is a good age for a creative working architect. May we live in the real world of Soviet culture!

FINAL CHAPTER
VERSION TWO

The morning rush-hour Moscow Metro is crowded. Standing on the platform for some 20 minutes, Vladimir Pavlovich is late for his job. Three trains go by and he cannot get on. Crowded! Crazy Moscow! How many millions in Moscow? Every year the number grows… Okay, this train…the door opens. Vladimir Pavlovich is shoved by a lady carrying two huge bags. Trying to cross the threshold, he feels a hand on his arm. Vladimir Pavlovich is in the car, he's sitting between strangers. Who touched him?

"Peter, hello! We meet again, so soon. It was just a couple of days ago. Is Ivan Ilyich ready for his sixtieth birthday party?"

"Ivan Ilyich is dead. The funeral will be tomorrow."

"Impossible. I was going to go to his party."

Vladimir Pavlovich could not say, "I knew this would happen."

He could not say, "This is the end I have already written for my story."

Vladimir Pavlovich could not say, "It is my future, meeting like this and you telling me of the death of Ivan Ilyich, telling me that he's gone to join Zholtovsky in the school of architects who dream of structures without substance and sites without place."

Vladimir Pavlovich could not say, "That we should meet like this, it's my future."

Instead he said: "Yes, this is really sad."

Vladimir Pavlovich thought: "Ivan Ilyich died just as I finished typing on that old Optima. Could there be another way to end this story?"

No words.

Both – Vladimir Pavlovich with two unfinished buildings behind him and the young architect, Peter (is he Tolstoy's Peter Ivanovich, is he still young?), two Russian architects of the 70s who worked for Studio 20 – one morning both sat facing the carriage window on a crowded Moscow Metro train. Both shared a silence they could not fill with words, sitting together for a couple of stops as the train shook beneath the foundations of the great buildings of Moscow. That is all. There is no more to tell, except to say Ivan Ilyich was remembered at Studio 20 by the girls in the smoking room and the clerks sorting papers among endless files. And Gerasim, Ivan Ilyich's adopted nephew, sat by a window on a June morning, his day off, and he stared with reverence at the pages of a book bequeathed to him by his erstwhile uncle who had meditated upon the fabled towers of Italy.

AFTERWORD

by

Barry Callaghan

Vladimir Azarov is in his eighties. He is what I call a *phenom* because he only took up writing seriously a decade ago. Each book is interesting in itself, each is in his voice, yet each is markedly different from the other. It's his voice that is the mystery, it's his voice that is the story, his voice in over a dozen books. Though he is very much a Russian born during the Stalin years and raised in exile in Kazakhstan and bred as a Moscow architect in the grim Brezhnev years, his voice – acquired and honed – is English. He doesn't write first in Russian and then translate into English. He writes poetry in English.

How did this happen?

In a most unlikely way.

Azarov decided back in 2002, though he was part owner of an established architectural firm in Moscow, to leave his country and settle in Canada, in Toronto. His command of English was very limited. He knew German, he knew some French, but English – next to nada! So, what did he do? He decided to learn English by enrolling in a poetry class at George Brown College where he fell into the encouraging embrace of author and publisher Jay MillAr. He began writing poetry, probing his memories of life as he had lived it under a

61

dictatorship, on the fringe of freedom of expression and freedom of movement.

He soon after produced his first full-length manuscripts. Four were published by an English language press in Moscow. And then he published four books in Toronto under the auspices of MillAr. Somehow, these came into the hands of the scholar and first-rate translator from French, Ray Ellenwood. Ellenwood showed them to me and I (having my own fascination with all things Russian: I had studied the language in college), agreed that there was something special there on the Azarov page, something quite distinctive. The next thing we knew, Azarov had two new manuscripts for books on the table, books we at Exile Editions took seriously as English poetry.

The *phenom* was underway. His concerns and his subjects were, of course, fresh and intriguing. In quick succession came five books over three years.[1] Memories of what it had been like "to dare to be happy" as a boy whose parents were in political trouble during the Stalinist regime (his father put to work in a Gulag camp and his mother sent with child-Vladimir to Kazakhstan). What it had been like during the "Thaw," the Khrushchev years when he was an "orphan" student among the "avant-garde" at the Architectural Institute in Moscow (an orphan because he could never acknowledge his prisoner-father). Then what it had been like to design and supervise a cutting-edge institutional building in Mongolia (while somehow travelling for the first time to Berlin, and to Paris, and to London, where, still wet behind the ears, he met Henry

Moore); what it was like to see Soviet life through the filter of Catherine the Great; what it was like to celebrate the spirit that resides at the core of great artifice, to celebrate the pioneering artist and aesthetic force of Kazimir Malevich (The Black Square).

And, further to my surprise, he also had translations in mind... Knowing that in the late 60s and 70s, when I had come to know Andrei Voznesenski and had translated several Voznesenski poems, Vladimir, full of his eagerness (which is doubly astonishing because ever since I have known him he has been weakened by a cancer), proposed that we work together on translating the very difficult Anna Akhmatova and the almost impossible Alexandre Pushkin. But that we did, working line by line for over a year, producing at last an anthology, *Strong Words*, made up of substantial enough selections from those two poets, plus all of my work on Voznesenski.

No sooner had all these books come tumbling out of Azarov, he then responded to the 2014 Sochi Olympics (the town in which he had taken his first holiday as a young man) by falling into a feverish state in mid-winter in his small Toronto flat on King Street. The result? He completed a sixth book for us, *Sochi Delirium*, poems that revolve around, of all people, Marilyn Monroe.

Enough, I thought. This is enough.

Time for a pause in the clock.

How foolish of me. *Of Architecture: The Territories of a Mind* (with illustrations by internationally acclaimed artist

Nina Bunjevac) came out in 2016. It is a lively 200-page collection of historical icons, each poem a story about the potency of imagination, territories, border-crossings of the mind – among them: the madness of a king who wants to be a swan, Michelangelo chiselling a heart that beats into his David, Tsar Peter with his three pet dwarfs acting as generals in the army, Vera Zasulich who became the world's first woman terrorist, Robinson Crusoe hunting for the footprints of Friday, Michael Jackson pretending he is Marcel Marceau as he woos Marlene Dietrich in Paris...

And so, what now, what more?

I began to say to myself, "When will the *phenom* strike next?"

Sooner than I thought, and with full force.

The novella, *On The Death of Ivan Ilyich*, is a fiction rooted in his Moscow life as an architect, where he has entered, as an alter-voice, into that most iconic of Tolstoyan figures, Ivan Ilyich. Death is the subject. Moscow is the place. Wherein Azarov is witness to the withering away of the state of architectural inspiration, the withering away of the imagination itself as a visionary force.

What all this ads up to, aside from the phenomenal story of an older architect becoming a poet/novelist in an adopted language, is a lifetime series of seemingly simple – even guileless – anecdotal memories that provide insights into a world of moral grandeur amidst grotesque expediency, political ruthlessness amidst buffoonery, poetic yearning for transcendence amidst architectural brutalism...all told through memories of a young man who would become who he now is now – a poet with a body of work in English, a *phenom*.

Vladimir Azarov's complete listing of books can be found on page 67

ACKNOWLEDGEMENT

I thank Bruce Meyer for his editorial direction with *On The Death of Ivan Ilyich.*

BOOKS BY VLADIMIR AZAROV

Three Books (2019, Exile Editions)
  Winter in the Country
  On "The Death of Ivan Ilyich"
  An Atomic Cake

Of Architecture: The Territories of a Mind (2016, Exile Editions)
  • with illustrations by Nina Bunjevac

Sochi Delirium (2014, Exile Editions)

Broken Pastries (2014, Exile Editions)

Seven Lives (2014, Exile Editions)

Strong Words: Poetry in a Russian and English Edition (2013, Exile Editions)
  • co-translated with Barry Callaghan

Mongolian Études (2013, Exile Editions)

Night Out (2013, Exile Editions)

Dinner with Catherine the Great (2012, Exile Editions)

***

Voices in Dialogue (2011, BookThug)

The Kiss from Mary Pickford (2011, BookThug)

Imitation (2011, BookThug)

Of Life & Other Small Sacrifices (2010, BookThug)

***

26 Letters, Poems, Pictures (2009, Probel-2000)

Black Square (2009, Probel-2000)

My Bestiary (2009, Probel-2000)

Graphics of Life (2009, Probel-2000)

НА
СМЕРТЬ ИВАНА ИЛЬИЧА

НА
СМЕРТЬ
ИВАНА ИЛЬИЧА

ВЛАДИМИР АЗАРОВ

EXILE editions

художественная литература, поэзия,
документальная литература, перевод, драма и графика

«Вдруг какая-то сила толкнула его в грудь, в бок, ещё сильнее сдавила ему дыхание, он провалился в дыру, и там, в конце дыры, засветилось что-то...»

— «Смерть Ивана Ильича». Л. Н. Толстой

ПРЕДИСЛОВИЕ

Почему я, автор, Владимир Павлович, обратился к Русскому гению Толстому? Почему я выбрал его повесть, чтобы сказать то, что я задумал? Почему? Может быть, моё отношение к человеческим трудностям, проблемам, препятствиям, задачам и прочему этого характера такое же, как в его шедевре? Я даже отважился использовать толстовский заголовок повести, и пошёл дальше – использовал те же толстовские имена этой повести. Но то, что вы будете читать, это обо мне, это внутри меня. Толстой? Я просто повторил толстовские имена, но его действующие лица стали московскими архитекторами советских семидесятых. Я архитектор, и моя повесть почти о моей профессии.

Зачем Толстой? Как объяснить? Может быть, этим привлечь читателя как забавностью и несуразностью моего манёвра? А также пусть читатель думает: ЗАЧЕМ? У него в его библиотеке появляется документ об архитекторах и их труде сложного переломного времени после Хрущёвской «оттепели». И моё слово это рассказ об архитекторах этого времени – творческих, позитивно заряженных на созидание… Но жизнь непредсказуема… Служебный конфликт, какой–то раздор, затрагиваются профессиональные амбиции… И в индивидууме неожиданно может проснуться – даже

просто как психологическая защита – вероломная макиавеллевская идея... Результат удивление:

«Так это странно! Ну и ну! Почти коварство, почти злодейство...»

И возникшая несовместимость двух характеров растёт... Читатель, вспомнив свою собственную коллизию, может спросит себя, хочет ли он, чтобы его личный недруг, неожиданно возникший, а это как раз – *Иван Ильич,* перестал мешать ему, освободил его полёт, исчез с лица земли... Толстой помог купить книгу! Помог мой наивный манёвр.

Моё повествование, как я уже сказал, почти обо мне. Моя специальность приобретена в Московском Архитектурном институте. В моей повести главный герой отбрасывает в сторону рейсшину, заменив её слабо освоенной клавиатурой пишущей машинки... Архитектор становится писателем... Увы, это я... Но гораздо позже, в компьютерное время...

И повесть Толстого в какой–то степени о нём самом. Он близок по возрасту к своему персонажу во время работы над повестью. Но он крепок, дьявольски работоспособен. И его здоровье наездника только помогло ему гениально вылепить обречённость умирающего Ивана Ильича. Небезызвестный факт, что Толстой не в одиночку вызывал к жизни своих героев и их мир. В создании «Войны и Мира» принимала участие и его уважаемая супруга, помогая своим веским, строгим, принципиаль-

ным мнением. Её творческое участие известно. И это непростое психологическое сотрудничество отражало моменты серьёзных и острых коллизий. Для Софии Андреевны всегда существовал незыблемый аргумент и её конкретный твёрдый совет – творить ЭТО острее, убедительнее, правдивее, а ТО – просто выбросить! И семейный альянс переживал баталии, их жизнь была береговой линией с приливами и отливами…

Я? О! Я абсолютно одинок, одинок со своим компьютером…

У меня творческий диалог с самим собой. А живая повесть лежит рядом. И я всё время слышу голос подлинной книги… Особенно, когда мои пальцы на клавишах. И часто, когда сплю… В одном моём сне я говорю: «Пожалуйста! София Андреевна! Великий помощник! Помогите мне в моей новой работе!» И она пришла ко мне со словами: «Владимир, я рада, что Вы хотите сделать моего Льва современным. Его небеса уверены, что он может приобретать другой облик, менять свои взгляды на вещи. Владимир, прежде всего, Вы должны учесть, что читатели очень разные. И Ваши будущие читатели не только архитекторы, как Вы и Ваши герои. Уверена, жизнь стала ещё более прозаичной. Сегодняшнему Вашему читателю может быть, нужно быстро сказать и довольно чётко: случилось это, потом это, и – о! – почему Толстой? Никому не нужен даже намёк на эпопею…»

«Спасибо, София Андреевна, за Ваши добрые слова!»

«Нет, спасибо Вам, Владимир! Я скажу моему мужу о Вашем намерении, когда его увижу. Для этого я хочу прочесть Ваш маленький шедевр и получить удовольствие, узнав, как Вам там живётся – или жилось – в Вашей России, в Ваши советские семидесятые. И моему Льву не обязателен Ваш поклон за его знаменитую повесть. Предполагаю, что он будет Вам благодарен за то, что его имя продолжает жить в совершенно новом пространстве совершенно другого времени…»

I

Утреннее переполненное московское метро. Владимир Павлович опаздывает на работу. Уже третий поезд, в который он не может проникнуть. Толпа. Сумасшедшая Москва. Сколько миллионов живёт здесь сейчас? Каждый год число растёт... Наконец дверь поезда перед ним.

Он проталкивает вперёд женщину с огромным чемоданом. Она уже за порогом двери. Он пробирается глубже. Уже стиснут. Локоть к локтю. И наконец, монотонное покачивание.

Несколько остановок пробегает быстро. Качаясь, он подчиняется ритму вагона, пытаясь прийти в более спокойное состояние.

Но что это?

Владимиру Павловичу показалось, что ему знакомо это лицо. Кто–то, кого он знает в этой сумасшедшей толпе! Не так часто это бывает. Да, Владимир Павлович знает его. Его прежний сотрудник, молодой архитектор. Как его зовут?

Кажется Пётр! Да, Пётр. Из его прежней покинутой мастерской № 20! Владимир Павлович почти кричит сквозь шум поезда:

«Рад видеть тебя, Пётр!»

«Владимир Павлович! О! Рад ехать вместе!»

«Не видел тебя вечность! Я собираюсь к вам. Как там? Как Иван Ильич? Что? Так шумно!»

«Вы приедете очень кстати увидеть Вашего товарища, коллегу, архитектора Ивана Ильича. Нашего Головина!»

«Как он?»

«Его шестидесятилетие. Кстати, это сегодня его день рождения. Праздник на следующей неделе. Я видел Ваше имя в списке приглашённых.»

«Он в нормальном состоянии? Он вроде бы был болен. Не было его на нашем последнем сборе в Доме Архитектора.»

«Он был нездоров довольно долго, но сейчас в порядке…»

«Я рад…»

«Извините, моя остановка…»

Владимир Павлович один, стиснутый толпой. Невесёлые мысли нахлынули на него. Пётр вызвал в памяти… Прежняя работа… Какое было творческое время…. Печально сейчас. Исчезла творческая жизнь. И сейчас пришло из этого прошлого незабытое имя – Иван Ильич…

Иван Ильич!

Он вернулся из прошлого, и у него праздник… Мой враг? Нет. Это не так просто. Их соединяло прекрасное время до этого рабочего инцидента. Нет, он не был врагом! Владимир Павлович вспомнил его слова, когда

они только начинали работать вместе: «Владимир, твой художественный, твой архитектурный вкус за пределами похвалы!» И он слышал много лестных слов о себе от Ивана Ильича.

И вдруг Иван Ильич захлопнул дверь мастерской перед ним! Такой упрямый и такой бескомпромиссный. Но это то, что как раз нравилось Владимиру Павловичу в Иване Ильиче. Его упорство и несговорчивость. Может быть, даже некая твердолобость… Что–то от прежнего советского режима…

Шестьдесят ему?

И его имя сейчас как заклинание: Иван Ильич…

Иван Ильич? И вдруг вырвалось из памяти! Голос Владимира Павловича над толпой: «Повесть Толстого «Смерть Ивана Ильича»! Совпадение? Он помнит эту книгу Толстого. Маленькая. Зелёный переплёт. Повесть. На полке вместе с другими книгами Толстого, но как–то отдельно… Смерть… Надо прочитать опять. Может быть сегодня после работы.

Почему название толстовской книги и желание её перечитать так взволновало его? И имя его бывшего сослуживца заставило нервничать. В окне вагона Владимир Павлович видит своё напряженное, сосредоточенное лицо. Он пытается понять, что случилось с ним… Поезд замедляет ход. Прикладывая все усилия, он продвигается сквозь толпу…

Наконец, яркое после метро утреннее солнце. Свежий

июньский воздух. Надо спешить… И уже девять тридцать. Встреча в метро не уходила из его головы. Что его ждёт в этот день? О, эта его ненавистная новая работа! Уже совсем невыносимая! Как ему избавиться от этого тоскливого глупого времяпровождения?

Его часы: девять тридцать. Идти ещё два квартала. Приходить позже уже стало его правилом. Нужно более свободное расписание:

«Каждое утро я прихожу на работу только проверять, исправлять и подписывать гору тоскливых чертежей! Если бы я нашёл, наскрёб, раскопал какое–то время для какого–то интересного для себя занятия среди рабочего дня… Но что это может быть? И как оторваться от бессмысленного ярма?»

Его Научно – Исследовательский Институт. Главный вход. Дверь, которую он открывает. Показывая пропуск, проходит к лифту, приветствует на ходу сослуживцев.

Опять внутренняя тревога вернулась к нему: «Что? Что с моей головой?» Он останавливается в вестибюле. Мысль формулируется в его голове: «Я всегда что–то рисовал… Архитектурные наброски… Моей шариковой ручкой. Моими карандашами. Этим же я что–то писал. У меня была спрятанная записная книжка. Как мой дневник. Мои наивные стихи… Никому я не давал читать их, даже жене…»

II

Владимир Павлович… Он продолжает стоять посредине вестибюля… Проходившая девушка улыбается ему:

«Почему Вы стоите, Владимир Павлович?»

«Извините, извините… Привет…»

Он не помнил её имени… И он идёт к лифту… Проскакивает между закрывающимися дверьми.

Опять этот штурм в голове. Что это? Что за блицкриг? Что это? Возникшая реализация его идеи? Так молниеносно? «Есть же новая, только что полученная сверкающая ГДР–овская машинка Олимпия в нашей комнате. А дома у меня Москва. Не такая уж новая. Но я её люблю. Печатал когда–то.»

Никто в рабочей комнате не обратил внимание на его появление. Все пили утренний чай. Добрая Маша опять принесла испечённый ею пирог. Владимир Павлович прошёл незамеченный мимо чаепития, пробрался сквозь кучи чертежей и рулонов кальки, груды синек и кипы листов ватмана. Добрался до своего места.

Идея? И решение – Олимпия? Печатать?

Что ты имеешь в виду? Печатать, чтобы стать писателем? Не смешно? Подумай! Не смешно? Упорная идея пробирается дальше: может ли он описать, что было только что в метро?

«Эй! Это революционный момент! Ещё свежий, живой, сценический, пробный этюд для репетиции этого нового представления…»

Он смотрит на горы бумаг на его столе, рабочий день: «Позже! Позже!» И он уже слышит будущий стук машинки…

А также Машин голос: «Один кусок или два?»

«Позже! Позже!»

Нетронутая чистая клавиатура… Все его пальцы на гладких прохладных клавишах… Начинать? Пора? Такие гладкие притягивающие клавиши! Начинай! Так! Печатай! Будь агрессивным! И пальцы уже летают! И бумага уже двинулась вверх! Блицкриг! Блицкриг! Пальцы на клавишах, бумага движется вверх… Радостный стук Олимпии…

III

Среди многолюдной толпы Московского Метро часа пик Владимир Павлович замечает знакомое лицо. Да. Это он... Его бывший сослуживец, молодой архитектор. Как его фамилия, Владимир Павлович не может вспомнить. Помнит его имя. Петр. И он громко кричит, перекрывая шум колёс вагона:

«Рад видеть тебя, Пётр!»

«О, здравствуйте, Владимир Павлович!»

«Не видел тебя вечность. Собираюсь навестить вашу мастерскую. Что ты сказал? Что с Иваном Ильичом? Такой шум...»

«Иван Ильич Головин умер два дня назад...»

«Что?»

«Иван Ильич Головин умер два дня тому назад...»

Владимир Павлович обомлел! Он это напечатал.

Почему он это напечатал? День рождения у Ивана Ильича! Сегодня! Оговорка? Фрейд? Чёртов Фрейд?

Ненависть? В воображении? В сознании? Глубже... В подсознании...

Фрейд, Фрейд... Иван Ильич был причиной уйти из мастерской...

Но у него даже день рождения сегодня.

Мне надо его поздравить! Мы долго были друзьями...

Да, он был причиной увольнения… Из Архитектурной Мастерской № 20… Да… Хорошо, но Олимпия это проба, внезапная попытка напечатать… Может быть проба будущего дневника… Почему неожиданно стиль дневника превратился в беллетристику? Почему?

Может быть, с этой минуты он будет писать, думать, придумывать, печатать по–другому… По–другому… Как писатель?

Что? Писатель?
«Вернуться назад?» «Зачем? Нет? Нет!»
«Вытереть последнее предложение?»
«Нет? Нет!»

Владимир! Следуй своей интуиции! Эй, соперник Толстого!

«Что? Ну не надо так шутить… Не надо смеяться…»

Да. Не надо смеяться… Только улыбайся, будь ироничным… Немного циничным… Осмотрительным… Особенно не злословь по поводу советских 70–х… Это и твоё время…

Он опять с Олимпией… Но это всё–таки странно и страшно… Открытый рот шепчет: «Иван Ильич…» Он слышит голос своей живой Олимпии… Но это его голос: «Отныне ты писатель, Владимир! Архитектура исчезла! Думай! Создавай свои творения теперь только на бумаге!

Но не твою прежнюю «бумажную архитектуру», твои бумажные или плексигласовые макеты…

А что?

Литературу!

Пробуй… Пытайся… Печатай! Не жалей бумагу! Порть её! Черновики! Разные варианты! Пробуй, что приходит в голову. Сейчас, когда ты уже знаешь о великой современной троице: Прусте, Кафке, Джойсе! Твоя неувлекающая тебя работа позволяет тебе часто добираться до Ленинской библиотеки, второй самой большой в мире после Библиотеки Конгресса… Вперёд!»

И Владимир Павлович прошептал инстинктивно напечатанные слова:

«Что ты сказал… Что ты сказал об Иване Ильиче?!»

«Что? Что ты сказал об Иване Ильиче?!

«Иван Ильич Головин умер…»

«Что? Умер? Нет. Это невозможно! Я видел его совсем…»

«Моя остановка. Да, большая утрата… Извините, до свидания.»

Голос, громче шума вагона, объявил остановку. Дверь открылась. Пётр уже прокладывает себе дорогу в шквале пассажиров на платформе и исчезает в многоголовой толпе. Владимир Павлович стоит, поглощённый

*неожиданной новостью... Одинокий, в раздумье, сдав-
ленный горячими телами, старается продвинуться
глубже в вагон поезда, и в крайне неудобной позе
поднимает руку, чтобы держаться за металлический
поручень... Чувствует – тёплый и влажный... Иван
Ильич умер... Иван Ильич... Он видел его совсем недавно
в подвале ресторана Союза: «Привет!» Они только
сказали друг другу, улыбаясь... Иван Ильич с сослужив-
цами ... Мысли бегут...*

*Владимир Павлович остановился посмотреть на
напечатанное: как стиль, грамматика, пунктуация? Он
видит много многоточий... Многоточия? И нет точек?
Он вспомнил время, когда ему нравились тире. Да! Тире–
тире–тире – в его стихах в его записной книжке, когда
он читал Лоуренса Стерна. Да, этот Тристрам Шенди!
И когда он читал Стерна, это было так странно – для
него, любителя литературы новых советских подпис-
ных изданий... Стерн. 18-й век. Ему показался «аван-
гардом»... Во время «оттепели» новые мебельные
«стенки» российских граждан заполнялись европейской
классикой... Неожиданно возникшими подписными
изданиями! «Мы счастливые, мы живём сейчас...» Владимир Павлович оторвался от Олимпии. Почувствовал,
что нужен перерыв. Хотя бы короткий. И его голос уже
около продолжавшегося чаепития: «Налейте мне чаю
тоже. Спасибо Маша... Нет, только один...» И он
опять около Олимпии...*

Чашка чая… И он как дома! Никто не обращает внимания на него… Несколько глотков горячего чая. Острое, новое, горячее просветление озарило его голову. Пришедшая мысль: писать – это не преступление! Нет, конечно, нет! Но, конечно, не о желании, чтобы твой товарищ подвинулся в далёкие небеса, уступив своё место!

«Подвинулся…»

Какое слово пришло в голову… Толстой? Нет, не он… Толстой… Толстой спасает умирающего Ивана Ильича! Иван Ильич видит свет в конце своего страшного, извилистого, длинного коридора:

…Он искал своего привычного страха смерти и не находил его…

Полное совпадение имён заставляет следовать классике… Владимир Павлович не помнит книгу в деталях. Наверное, сейчас надо вникнуть в этот шедевр. «Смерть Ивана Ильича»!

И кто этот «я», этот Владимир Павлович, в новом Толстовском сюжете? Это правомочно? Наверное,,, Здесь изменено время действия, другая фразеология, под толстовскими именами другие характеры… Иван Ильич Толстого – «член Судебной Палаты царской России»… И он же – И. И. Головин, современный советский, архитектор! Владимир Павлович? Писатель … Архитектор, кто пишет об этом… Вот так!

IV

Печатать, печатать! Он ужаснулся, возмутился, испугался, когда «смерть Ивана Ильича» пришла к нему как галлюцинация. Когда он начал только опробовать новые, гладкие, сверкающие клавиши... Когда он коснулся их. Но он снова пытается разобраться: почему идея смерти появилась в его голове? Иван Ильич – коллега, сослуживец... Конечно, противник! Но ведь бывший друг... И умер так неожиданно! Сейчас... Под клавишами... И это напечатано... Стало жизнью... Значит, он умер! Умер! Владимир Павлович! Где твоя адекватная реакция? Иван Ильич умер, а ты безучастно продолжаешь печатать, увлечённый придуманным занятием... Нет! Бежать обратно в метро! К ним! К своим прежним коллегам! В архитектурную мастерскую № 20!

Да... Но что делать там? После...

После спрашивай себя – что делать там? И что дальше?

Он на улице. Спешит, бежит. К метро. На линию, ведущую к центру с пересадкой... Добраться до его святого места прежней работы, до его начального долгого рабочего гнезда... Маяковская площадь... На площади... Вернее за Маяковской площадью... Место,

где начиналась его история, где его жизнь произошла с принадлежностью к архитектуре... И где случилась эта трагедия... Его побег...

Благодаря Вам, Иван Ильич...

Опять это качание и дёрганье мчащегося подземного поезда. Горечь во рту... Пульсация в висках... И летняя духота... О! Ведь только начало июня. Есть ли кондиционирование в московском метро? Тёмное зеркало окна... Ещё несколько остановок... Ещё минуты времени...

Владимир Павлович! Скажи честно, что родилось в твоей новой голове писателя, соперника Толстого? Писателя? Уверен, что писателя? Не архитектора? Исповедуйся, Владимир. В чём твоя действительная скорбь? Уже всего две остановки до твоего родного дома! До Маяковской площади... До мастерской № 20... Не забыл? Какая остановка нужна? Маяковская... Какая сейчас? Его пересадка... И ему надо выйти сначала на этой... На Площади Революции. Зачем? Ведь он ограничен во времени. Сейчас уже послеобеденное время. Но надо немного свежего воздуха... Перед таким ответственным моментом! Наружу, на свежий воздух... Не на долго... «Успокойся! Это же просто... Я скажу только то, что я думаю!» Это же просто...

Действительно просто: Владимир Павлович видит комнату Ивана Ильича. Он видит даже его, своего мёртвого сослуживца, бывшего начальника... Хотя его комната пуста... Его легендарное кресло не занято... Зачем ты пришёл сюда? А–а? Признаёшься? Твои две последние постройки? Недостроенные? Причина твоего горя? Немного на свежий воздух... Немного... Огромная толпа! Многоголовая, многоногая, много-рукая... Люди быстро шагают, непринуждённо идут, говорят, молчат, смеются, или нет – их лица серь-ёзны... Это Москва... Она была всегда такой, особенно возле Кремля, где толпа – это туристы, гости столицы, поклонники революционной Красной Площади... Или спешат купить что–нибудь в знаменитом Универмаге ГУМ... А многие, чтобы увидеть Храм Василия Блажен-ного... Многоглавый, ярко – раскрашенный, многоцве-тный – сейчас под голубым солнечным небом начала Кремлёвского лета...

Владимир Павлович! Ты на Красной Площади! Оста-нови свои вспыхнувшие сентиментальные страдания... Хотя бы на мгновение... Когда ты был здесь? Среди этих вечных камней Российской истории? Год назад? Два? Извини! Может быть десять? Как архитектор, ты всегда чувствовал гордость, зная, что это один из самых значительных ансамблей в мире. Даже после твоей счастливой поездки в Италию. После Вероны, где жили Ромео и Джульетта, и где ты был так удивлён

18

стенам из красного кирпича, которые абсолютно такие же, как Кремлёвские! И эти священные кремлёвские стены из красного кирпича под небом Италии... Может быть нельзя было признаваться в своём удивлении раньше? Но уже 70–е! Хотелось громко сказать, так приятно увидеть в Италии, что очень напоминало Россию. Эти Ренессансные башни Вероны! Как кремлёвские, но только без российских красных звёзд, мерцающих, летящих от башни к башне... Наш великий архитектор и гений пресловутого Сталинского времени, Иван Жолтовский... О нём Владимир Павлович вспомнил в Италии... И в воображении Владимира Павловича возник дом на Смоленской Площади, знаменитый в Москве, где Жолтовский гордо предстал с башней из Вероны... По приезде это стало вдохновением Владимира Павловича в его последнем зодческом размышлении, ставшем реальностью... Да, реальностью... Но... Но недостроенной... Продолжает строиться сейчас... Без его авторского участия... Двадцать четыре этажа, далеко от Кремля... Далеко от Кремля, но с коронной башней – с этой скромной Веронской цитатой! С памятью о Жолтовском... Над отдалённым московским районом со смешным названием прежней пригородной деревни – Коньково – Деревлёво! Владимир Павлович повернулся к Спасской Башне, привлечённый её мощным музыкальным голосом:

Бом! Бом! Бом!

Ты помнишь имя итальянского мастера, кто создал эту башню красавицу? Главную Кремлёвскую башню? Да, он. Пьетро Антонио Солари! Может быть, родом из Вероны? Так напоминает она те башни, если вспомнить Верону... Те же детали... Те же зубцы примыкающих стен... Владимир Павлович улыбается: «К твоему счастью, Итальянец Пьетро Солари, ты прибыл в Россию до царствования нашего Ивана Грозного (ты в России был в 1490, мне помнится...). Слава Богу, ты ничего не знал о судьбе двух русских архитекторов, Барме и Постнике. Они были ослеплены после построенного ими храма Василия Блаженного... Но извини, Пьетро, может быть я зря тебя напугал? Недавно наши историки нашли имя Бармы в строительных архивах других, более поздних, московских храмов.»

Бам! Бам! Бам!

Три тяжёлых удара! Три часа! Надо спешить... Спешить в Мастерскую № 20, чтобы успеть обратно до конца рабочего дня убрать следы случившегося писательства...

Метро опять. Всего две коротких остановки... Маяковская... Мой любимый интерьер с плафоном нашего институтского учителя Дейнеки... Дейнека? Да,

*Дейнека! А он хотя бы раз подходил к твоему моль-
берту?*

*Вверх... Короткий эскалатор... Затем налево, по-
том направо, потом вверх опять по мраморной лест-
нице... Пробежать площадь... И уже рядом с прежним
Владимиром Павловичем... Его местом работы многие
годы... Солнечный день начала лета вокруг. Лёгкий
прохладный ветерок. Уже пересёк площадь Маяков-
ского. Этот родной памятник поэту уже сзади...
Бегом! Как раньше бодро и радостно бежав на работу!
И за ним бегущая рифма поэта... Как прежний ритм
работы... Мимо него!*

«Эй! Маяковский! Ау–у!»

*Его жизнь была сложной, безумной... Политика и
любовь... Знаменитые строки наполнены его оптими-
змом... Все их помнят:*

*«Ведь, если звёзды зажигают –
Значит – это кому–нибудь нужно?
Значит – кто–то хочет, чтобы они были!»*

*Владимир Павлович толкает тяжёлую дубовую
дверь. Он показывает свой ещё действующий пропуск.
Он в лифте. Улыбается, здоровается, произносит: «Да!
Знаю, знаю об этом... Печальное событие...» Он уже
на шестом этаже. Дверь Архитектурной Мастерской
№ 20.*

V

«Наташа! Я надеюсь, Вы ещё не забыли вашего сбежавшего архитектора. Надеюсь, мы ещё друзья. Мне хотелось бы увидеть Михаила Семёновича. Очень ненадолго. Буквально на несколько минут…!

«Здравствуйте, Владимир Павлович. Очень приятно видеть Вас. Конечно, мы друзья. Извините, у него сейчас встреча. И потом обед. Может быть, вы вместе пообедаете? Подождите немного или позвоните завтра»

«Нет, нет! Я подожду. Такой печальный момент. Мне надо поговорить с ним. Я же здесь…»

Владимир Павлович закрыл дверь. Начало неудачное… Он в коридоре. Сослуживцы проходят мимо: «Привет…» «Привет…» «Здравствуйте, Владимир Павлович…» «Да, я уже знаю. Тяжело узнать такую весть…»

Прислонившись к стене, думая, о чём он пришёл говорить и как это будет сложно сказать, он засомневался: «Сейчас совершить этот шаг? Да? Нет? Но хорошо, что пока его нет… Моего бывшего Короля… Дяди Сэма… Время подумать… Хотя бы немного времени… Прорепетировать предстоящий диалог… Присесть

бы... Попробовать успокоиться... На стуле удобнее... Расслабиться не удастся... Сумбур в голове... Зачем вспоминать это? Тот незабываемый момент, то официальное обсуждение, которое вёл расширенный Архитектурный Совет. Ярко в памяти... Как смело выступил Иван Ильич в его защиту! Коньково–Деревлёво... Новаторское предложение завершить слегка изменённый индустриальный дом этой неожиданной, непростой, слегка затейливой башней. Высоко! Двадцать четыре этажа... Эта башня над новой застройкой Коньково–Деревлёво. Иван Ильич вытянутой вперёд рукой указывал на эскизы и макет и увлечённо говорил о несомненной уместности башни... «Ленин в бронзе» – тогда подумал Владимир Павлович... Ленин с вытянутой рукой, Ленин всегда в такой торжественной позе... И слова друга – Ивана Ильиа:

«Мы должны как–то сохранить архитектурные достижения нашего недавнего времени! Нам это надо! Повторяю, мы должны это сделать! И пусть это будет эхом творений нашего Ренессансного гения – Жолтовского! Поэтому, друзья, нам надо поддержать архитектурный призыв нашего молодого архитектора Владимира Павловича!»

Ивана Ильича великая помощь! И в голове Владимира Павловича время трагедии, когда Иван Ильич стал врагом!

«Этот злосчастный Дворец Юности!»

Какое было счастье получить этот объект следом за Коньково! Такая удача!

Серьёзный, головокружительно увлекающий объект!

Не в деревне, как уже состоявшийся дом в Коньково – Деревлёво, а почти в центре столицы, на Садовом Кольце! Индивидуальное, неиндустриальное общественное здание! Удивительно, но всё шло гладко... Уже начался монтаж монолитных железобетонных конструкций первого этажа... Монолитный железобетон времени семидесятых! Согласовано! Сказочно! И фасад со всеми согласован! Прозрачный – стеклянный! Стекло, стекло! Ещё редкий опыт в столице! Счастливый Владимир Павлович! Но Муза не оставляет в покое... Ему приснилось... Да, действительно приснилось.... В его Дворец надо входить более торжественно... Должен быть более представительный, приглашающий, парадный стилобат! Да! Действительно приснилось... Архитектурный Морфей прошептал Владимиру Павловичу: «Надо добавить ещё уровень! Это реально! Расчётом проверено! Только борись! Будь упрямым!» Затем быстро... После решительного отказа руководства от возможной корректировки входного блока... Легко реконструируемого на строительной площадке... Владимир Павлович покинул мастерскую № 20...

Иван Ильич? Иван Ильич...

Владимир Павлович посмотрел на часы. Уже больше получаса на стуле... Сменив позу, он достал из портфеля папку: материалы по завершению его обоих сооружений. Может быть, будет возможность показать их ему – его прошлому, и возможно ему же, но будущему начальнику – Королю, Дяде Сэму...

Двери лифта открываются. Респектабельная фигура Михаила Семёновича выходит из лифта и идёт к двери мастерской № 20. Заметив гостя, он улыбается, как бы ожидая его приход... Владимир Павлович вскочил со стула: «Добрый день, Михаил Семёнович!» Михаил Семёнович, продолжает улыбаться: «Это ты? Ты уже здесь? Входи, входи, Павлович!» Владимир Павлович следует за Михаилом Семёновичем... «Наташа, у меня гость. Два чая для нас. Присаживайся, чувствуй себя как дома.»

«О, у Вас его портрет! Нашего Ивана Владиславовича!»

«Я всегда относился с большим почтением к Жолтовскому. И после твоего пресловутого двадцати четырёх этажного комплекса, твоего престижного дитя, твоего Коньково-Деревлёва, с коронной ротондой почти как на знаменитом доме Жолтовского для Советской элиты – я постарался вникнуть глубже в это недавнее зодческое прошлое. Ты толкнул меня переосмыслить время, когда Ренессанс Жолтовского должен был как-то отвлечь архитектурно от времени увлечения Гулагами. Время, когда все идеи нашей послереволюционной архитектуры, самой прогрессивной в мире тогда, были уничтожены. И несколько построенных конструктивистских домов стоят сиротами...»

«Михаил Семёнович, Я хотел....»

«Да, Владимир, моё большое уважение Жолтовскому. Он, конечно, притворялся, что забыл достижения нашего конструктивистского авангарда. И, несмотря на те печальные реалии, смог преподнести советским богам что – то человеческое в формах архитектуры. Я думаю, его убедительный Ренессанс – это философская попытка оттолкнуть духовно от терроризма..."

«Этот рой пчёл был всегда вокруг нас… Мы можем быть ужалены и сейчас…»

«О, «ужалены»! Мне нравится твой новый тон, Павлович! Браво!»

«Нет, Михаил Семёнович, сейчас я просто одушевлён… Или… Нет… Очень опечален смертью моего друга Ивана Ильича…»

«Я думал ты пришёл разделить наше горе. Но я могу догадаться, почему ты здесь сейчас на самом деле.»

«Я вижу Жолтовского на стене около Вас. Для меня радость вспомнить, как любил его Иван Ильич. Моё Коньково—Деревлёво было спасено им… И нас обоих вдохновил Жолтовский, его дом на Смоленской Площади…»

«Владимир, довольно!»

«Я пришёл к Ивану Ильичу просить поправить мою ошибку в нашем Дворце Юности…»

«Я надеялся, ты счастлив – твоя достигнутая, почти воздвигнутая, башня. Был там недавно… Да, ты наверное прав. Должна будет жить как силуэт.»

«Спасибо Вам! Спасибо! Но мой Дворец Юности! Михаил Семёнович!»

«О, боже мой! Никто не позволит тебе тронуть второй этаж! Ты это прекрасно понимаешь. У тебя было много проектного времени подумать.»

«Пожалуйста, разрешите мне закончить мою работу. Я потерял моего друга и наставника… Мне

*необходимо завершить то, что так стройно сфор-
мировалось в моём мозгу! Поймите это! Пожалуйста!»*

*«Успокойся... Павлович... Приходи на похороны.
Наташа! Зайди Наташа!»*

«Но он жив для меня... Наш Иван Ильич...»

*«Да, да! Он в морге сейчас! Ты сумасшедший. Я
помню, ты не курил... Но я хочу показать тебе подарок
Германской Компании.»*

«Извините, мне ничего не надо!»

*«Нет, подарок не тебе. Когда мы были очень моло-
дыми, Иван Ильич и я, мы курили вместе. И было
трудно найти место покурить. Мы курили в вонючих
уборных... Как школьники...»*

«Почему Вы вспомнили это?»

*«Несколько дней назад, мы завершили ремонт
специальной комнаты для курения с дорогим Герман-
ским оборудованием! Потрясающая вентиляция! Это
дорогое мероприятие – модернизировать наш институт. Большие деньги! Новый стиль жизни для нас. И
наши девушки теперь как Голливудские звёзды 30–х
годов дымят сигаретами.»*

*«Не показывайте мне это. Для меня странно видеть
здесь что–то новое, если я абсолютно такой, каким я
был здесь раньше. Сегодня ничего не изменилось!»*

*«Сегодня? Сегодня очень печальный дождливый
день.»*

«Сегодня июньский день... Под огромным голубым московским небом...»

«Да. 14 июня 1975 года. Только два дня после смерти Ивана Ильича. Стоит в соседней комнате его удобное кожаное кресло, которое он купил за свои собственные деньги. Ещё тёплое, хотя его зад уже охлаждён в морге.»

«Иван Ильич... Царство ему небесное... Но мы живы...»

«Я начинаю бояться тебя. Пришёл говорить о Дворце Юности! Но мы уже на втором этаже! Ты очень возбуждён, Владимир! Иди домой! Поспи, Павлович!»

«Михаил Семёнович! Мой Дядя Сэм! Я чувствую себя покинутым, одиноким в мире... Без Ивана Ильича.»

«Может быть тебе помогут поминки? Выпей водки за помин его души!»

«Не издевайтесь, Михаил Семёнович...»

«Нет...»

«Я Ваш верный слуга! Может быть главный и лучший...»

«Ты упустил свой шанс! Наташа, проводи господина! Пригласи Любовь Аркадьевну!»

VII

*Иван Ильич умер в больнице Бауманского района,
восток столицы. Два дня тому назад. После недели
пребывания в палате интенсивной терапии. До этого
три недели он лежал на своём диване в домашнем
режиме. Серьёзная проблема с почками. Многие годы у
него были эти симптомы. Он избегал серьёзного
лечения. Только анализы мочи, ультразвук, цистоскопия
и разные исследования, но не было серьёзной терапии.
Однажды рано утром, когда он собирался на работу,
началась острая почечная колика. Скорая помощь. Врач
посоветовал пока домашний режим. Не ходить на
работу. Он остался дома. Один. Звонил друзьям, в
мастерскую – спрашивал, как идут проектные дела.
Звонила Прасковья Фёдоровна, спрашивала, нужна ли её
помощь. Пока нет. Его племянник, приёмный сын,
Герасим, стал помогать ему. И когда состояние Ивана
Ильича ухудшилось, Герасим стал приходить к нему
каждый день в послеобеденное время. Молодой человек
оказался быстрым и хозяйственным и ухаживал за
дядей добросердечно. Иван Ильич был счастлив, что
Герасим разделил его одиночество. Состояние Ивана
Ильича ухудшалось. Герасим стал приходить и на целый
день. На работе ему разрешили его распорядок в счёт
отпуска. Боли усиливались с каждым днём…*

Владимир Павлович понимает, что он не сможет лучше, чем в повести Толстого, описать это начавшееся страшное мучительное состояние Ивана Ильича. Он не Толстой. И он дома. За своим письменным столом… Его машинка Москва. Повесть Толстого открыта на 53 странице:

«Меня не будет, так что же будет? Ничего не будет. Так где же я буду, когда ничего не будет? Неужели смерть? Нет, не хочу.» Он вскочил, хотел зажечь свечку, пошарил дрожащими руками, уронил свечу с подсвечником на пол и опять повалился назад, на подушку. «Зачем? Всё равно, – говорил он себе, открытыми глазами глядя в темноту. Смерть. Да, смерть.»

Нет. Умирающий советский архитектор намного счастливее. Его Герасим – не крепостной слуга небогатого хозяина царского времени. Нет. Его Герасим – племянник, близкий друг. И когда боли слегка отпускали его, лёжа на диване, Иван Ильич говорил Герасиму:

«Когда ты рядом, Гера, моя боль уходит. Но она всё сильнее, и она постоянная. Но я счастлив, что ты рядом…»

«Суп готов, Иван Ильич. Куриная лапша и немного овощей. Курица венгерская. Одобряете? И я купил пирог

со шпинатом в нашем новом кафе. Юля посоветовала. Помните новую официантку? Она знает, что Вы дома. Возьмите кусок пирога, ешьте с супом...»

«Гера, всё так вкусно. Спасибо, дорогой...»

«Для Вас это вовремя есть сейчас?»

«Да, дорогой. Мне кажется, я голоден. Спасибо, Герасим...»

«Этот диван... Вам трудно лежать на нём целый день. Может быть, сменить позу? Или сесть Вам в кресло?»

«Нет, мне хорошо в этом положении. Мне нужно твоё участие, когда начинается боль... В моих проклятых почках... Слышишь меня? И хочется что–то рассказать тебе... Ты такой терпеливый...»

«Расскажите. Слушаю Вас, Иван Ильич!»

«Например, насчёт диеты. Много смешных историй... Я помню, несколько лет тому назад, я был на приёме у главного уролога города Москвы.»

«Нелегко было добиться приёма?»

«Да, Гера! Но какая женщина! Осанка Екатерины Второй! Элла Эдуардовна! Она проникла в мою душу! Её магические слова: 'Метаболизм, метаболизм... Это причина всего...»

«Да, забавно...»

«Она предложила её метод лечения, заявив своим размеренным тоном: 'Парадоксальная диета для русских, кто не алкоголик. И Вы не алкоголик. Поэтому:

50 граммов водки до завтрака, три дня! Только не Столичная! Вам нужна Московская – бутылка с зелёной этикеткой. Желаю успеха!»

«Забавно! Это шутка?»

«Разумеется, правда, Гера…!»

«Правда? Забавно…»

«Представляешь? После водки я иду на работу! Молоденькая Наташа только пришла в нашу мастерскую… Она пугалась меня, вонючего, после утреннего питья… Ой! Извини, Гера! Опять больно… Поясница, конечно! Пожалуйста, дорогой мой, разотри здесь… Полегче… Да… Так… И убери суп…»

«Попробуйте лечь на живот…»

«Да. Я пытаюсь… Ты лучший доктор, Гера. Мне почти хорошо… Эта женщина была такая элегантная и красивая…»

«Кто?»

«Элла Эдуардовна. С её сумасшедшей диетой. Помогла ли диета, спрашиваешь? Как помню, нет. Я встретил её в Большом театре… Поприветствовал её и поблагодарил. Я был здоров тогда.»

«Нужно что–нибудь?»

«Да, извини… Другое… Мне надо в уборную… И скорее!»

«Держитесь за шею…»

«Это так неприятно тебе. Прости меня. Моё стыдное бессилие.»

«Дядя! Я Ваш медбрат...»

«Остановись здесь пока, Гера... Немного после... Пока присяду на стул...»

«Удобно?»

«Слушай опять! Нет, Гера, это не о моих идиотских почках. Я думаю о твоей будущей жизни...»

«Что Вы имеете в виду?»

«Посмотри на ту большую книгу в глянцевом переплёте на моём столе.»

«Что это за книга?»

«Я горжусь этим томом – это Канон Пяти Ордеров Виньолы. Учебник по архитектуре и строительству. Он был нашим учебником в институте. Моя книга была в жутком состоянии. Разодранная, без нескольких страниц... Я не выдержал и купил эту дорогую книгу в Италии... Когда это было? Помнишь, Гера, что я тебе там купил?»

«Конечно! Такой красивый и тёплый свитер! Три года назад.»

«Да, да. Три года назад... Италия! Великая страна! И моё сердце во Флоренции, где великий Микеланджело нашёл своё вдохновение также в своей великой поэзии. Его стих:

Что мне сулишь?

Что хочешь сделать с сожжённым деревом,

С сердцем одиноким,

34

Поведай мне, чего мне ждать.
Любовь?

*Гера! Опять плохо! Гера, стало хуже... Извини...
Какая—то новая пульсирующая боль...»*

«Как помочь? Что сделать, Иван Ильич?»

*«Ничего... Чуть лучше сейчас... Терпимо... Слу—
шай... Про—сто слу—шай, что я те—бе го—во— рю! Стань
упрямым! Полюби жизнь! Поезжай в Италию и стар—
айся проникнуть там в Ренессанс, в архитек—туру... Я
говорил тебе много раз – приближайся к зодчеству! Но,
дорогой мой, до своего паломничества, постигни
Виньолу... О господи! Опять! Сильная боль!»*

«Не говорите больше! Пожалуйста!»

*«Ещё хуже! Такая боль! Опять! Ты понял? Гера? ГЕ
– РА! Поезжай в И—та—ли—ю! Не теряй возможность!
Ге—ра! И—та—ли—я! Строитель должен почувствовать
Ренессанс. Живую жизнь камня, каменных конструкций!
Деньги на это припасены... О, Гера! Что делать?»*

«Что? Хуже? Хватит говорить!»

«Да! Звони, пожалуй... Пора...»

«Звоню!»

*«Позвони Михаилу Семёновичу... Не надо Прасковье.
Ей позвонят из больницы.»*

«Не волнуйтесь! Всё сделаю!»

*«Виньола на моём столе. Наклонись. Я тебя поце—
лую...*

VIII

«Дай мне сигарету...»

«Какая ужасная новость! Это печально... Но ты знаешь, Анжела, один мой приятель умирал три раза! Не смейся. Правда!»

«Ну что ты говоришь? Три раза... Что за глупость!»

«Нет! Это правда. Один раз была почти настоящая смерть. Что–то вроде клинической... Во время операции на сердце. Под ножом хирурга. Доктор спустился в вестибюль сказать это ожидающей жене. Она упала в обморок... Её отвезли домой... Там уже собрались друзья и родственники!»

«Очень интересно... Помолчи... Слушай – Вера сказала, что Прасковья Фёдоровна уже была у него в морге... Какое у неё будет платье на похоронах? Она модница... Кстати, может быть, это одна из причин, почему они расстались...»

«Думаю, причина в другом! Он мужчина уже немолодой. Она женщина, ещё довольно привлекательная. Почему они не могли жить вместе? Да... Он был такой мягкий человек...»

«О, мы забыли о его калужском парне, Гере или Герасиме или... Как его зовут? Звучит как тургеневский персонаж, не правда ли? О боже! Герасим и Муму.»

«Я знаю, Ильич привёз его из Калуги. Родственник... Десятая вода на киселе... Просто Ильич был очень добрый к родным. А эти калужане, видимо, не очень богаты... И Гера работает у нас достаточно долго... Сколько лет уже? Несколько лет? Анжела, ты должна ~~помнить. Ты была больше всех близка к Ильичу. И рабо~~ тала с Герой, как я помню.»

«Но не так уж долго я работала с ним. Сразу после его техникума. Три года назад... И всё это время Гера был под крылом Ивана Ильича... Гера – симпатичный парень, высокий, но такой застенчивый и такой скучный... Я просто помогала ему, когда он начинал работать у нас... Иван Ильич просил меня сидеть рядом с ним...»

«Такое странное имя Прасковья. Не помню, кто меня надоумил прочитать «Смерть Ивана Ильича»? Жизнь стала имитировать искусство! Не смейтесь! Это кажется таким нелепым, что так знакомо звучит: Иван Ильич и Прасковья Фёдоровна – толстовская пара.»

«Как тургеневский Муму вклинился в этот рассказ?»

«А Герасим пришёл из Муму.»

«Не все имена должны совпадать. Я уж не такой большой читатель. О, может, ты можешь что–то сказать, Евгения, наша интеллектуалка? Ты читала Толстого?»

«Прежде чем я вам что–нибудь скажу, дайте мне вторую сигарету... Да, я читала «Смерть Ивана Иль-

ича.» Не уверена, что я помню имена всех персонажей. Читала давно. И бросьте называть меня «интеллектуалкой. «Не нужна мне такая слава!»

«Хорошо, хорошо... Бери сигарету. Успокойся и расскажи, что ты помнишь...»

«Ну, как ваша «интеллектуалка», я могу подтвердить совпадение – у Ивана Ильича нашего великого Толстого жена тоже Прасковья. И даже её отчество Фёдоровна.»

«Правда? С ума сойти!»

«И совпадения продолжаются. Слушайте дальше – у толстовского Ивана Ильича, как я помню, был крепостной слуга, которого звали Герасим! Да, это кажется невозможным... Увы, это правда. Иван Ильич любил своего слугу, Герасима, больше всех на свете, особенно когда заболел... И умирал...»

«Ну, это совсем сумасшествие! Неужели так у Толстого?»

«Это неожиданная книга для Толстого. Конечно, шедевр... И знаете, девочки, мой приятель Борис, студент Библиотечного факультета, сказал мне както, что некоторые критики считают, что у Толстого отношения между Герасимом и Иваном Ильичом носят фрейдистский характер.»

«Писатель, который создал великую женщину Анну Каренину и у которого была жена Софья Андреевна? Очень сомнительно...»

«Но вы знаете, Толстой преклонялся перед талантом Сары Бернар, которая играла Гамлета...»

«Где ты это читала, Евгения?»

«Я вспомнила это из этой же Толстовской повести, что Прасковья Фёдоровна говорит о Бернар, придя из театра...»

«Ну, Евгения, ты действительно эксперт!»

«Девочки, у меня идея! Быстро вернусь! Библиотека же рядом!

«Нет времени, Анжела! Нас же собирают сейчас обсудить похороны.»

«Я не подумала раньше о библиотеке. Уже двадцать минут я травлюсь никотином... Бегу!»

«А я хочу сказать, мы ничего не знаем, как они жили, Иван Ильич и Прасковья. Один раз я случайно видела за стеклянной дверью его комнаты, как они ругались... Это было после работы... Я пробежала быстро... О, это было, когда они ещё жили вместе...»

«Ну, хватит! Мы ничего не знаем о них... Сейчас смешно перебирать их кости... Скажу вам более интересное... Слушайте...»

«Какая ещё сплетня?»

«Я только что видела нашего сбежавшего нервного архитектурного гения, Владимира Павловича, под дверью «Дяди Сэма»... Не откладывая в долгий ящик, он решил проведать нас...»

«Ну и что, Глафира? Они же были друзьями до его побега...»

«Может быть Владимир Павлович тоже в этой всех – нас – объемлющей книге?»

«Хватит. Сегодня бы меньше шуток...»

«Может быть, просто не помнишь? Какое упущение у Толстого!»

«Ну, хватит!»

«Да. Конечно, очень печальное событие... Но мы знаем, что он всегда пытался обогнать Ивана Ильича..»

«Рабочая конкуренция... Не можешь остановиться. Глафира?»

«А может быть, он хочет завладеть его освободившимся кожаным креслом! Шучу, конечно... Девочки, как-то я звонила с Ивана Ильича места! Поняла разницу между его сказочным креслом и нашими безобразными деревянными стульчаками, на которых мы сидим...»

«Хватит, не время говорить об этом на похоронах. Постеснялась бы. Глафира, может быть он ещё не совсем заморожен в морге, а ты уже своей задницей в его кресле...»

«Всё! Молчу! Наша Любовь Аркадиевна завладеет этим кожаным сверх-местом. И она терпеть не может нас, женщин, сплетниц...»

«Девочки, тише! Наташа в коридоре. Сейчас войдёт...»

«Наташа, заходи покурить!»

«Спасибо. Нет, благодарю. Михаил Семёнович с Любовью Аркадьевной приглашают всех присоединиться к обсуждению похорон Ивана Ильича.»

«Идём, идём...»

«Пожалуйста, девочки, идёмте! Евгения, не бери у Глафиры новую сигарету. Сейчас начнётся собрание. Я ответственная.»

«Наташа, зря волнуешься. Докурим, прибежим... Извини, я не закончила своё отравление... Начала вторую, когда ты вошла. Докурю, приду.»

«Евгения, ты невыносима... Всегда упрямая. Девочки, идёмте!»

«Идём! Идём!»

«Анжела, ты уже здесь? Сбегала и книгу принесла?»

«А ты уже одна? Я схватила книгу и даже нашла главу, где Прасковья Фёдоровна говорит о Саре Бернар. Смотри, Евгения...»

«Мы должны бежать!»

«Послушай! Секунду:

"Прасковья во всём вечернем наряде, и Иван вспоминает, что она и дети..."

И дальше больше о театре...»

«Да, да... Остановись! Идём!»

«Пожалуйста, только это:

"…и дети были в театре, чтобы увидеть Сару Бернар…"

Здорово! Буду читать после работы…»

«Наташа увела всех. И я докурила. Идём!»

«Но так интересно!»

«Анжела, давай руку и побежим! Да, да. Я помню, что было турне Сары Бернар в этом городе и Иван Ильич настоял, чтобы они взяли ложу… В общем–то ничего особенного… Быстрее!»

«В этот коридор! Так ближе!»

«Да, давай быстрее! Скорее прийти… Он был хорошим человеком, этот Иван Ильич…»

IX

Слова ЛЮБВИ Двадцати–Четырёх Уровней

Я твоя ЛЮБОВЬ и я здесь потому что радость в твоём сердце ты воздвигаешь дом где много уровней а выше внезапно сразу разом тут в миг в мгновение удивление сооружаешь Башню ночной Маяк так высоко в полёте над твоим пространством которое Коньково–Деревлёво где трубадур играет музыку небес в ночи и все танцуют в хороводе кружатся вокруг этих строящихся уровней и башни с её короной что превратится в горящую звезду и осветит танцующих она и нас с тобой твою ЛЮБОВЬ мелькают перекрытий ярусы периметры каркаса что многоярусного улья путь снов дум мечты вращенья стрелок времени шелест набросков скетчей и эскизов и груды ещё свежих чертежей и фиолетовый оттенок синек сброшюрованных альбомов и облако концепций предложений, советов архсоветов друзей и недругов и также кто живёт в Коньково–Деревлёво и в этом вихре миллионов линий окружностей пунктиров букв цифр отдохни ЛЮБОВЬ на полпути преодолённых ярусов которые уже внизу вдохни холодный свежий воздух ещё открытого пространства незастроенного ярусами кто превратит эту

теорий гору в реальность творчества известно кто и это я твоя ЛЮБОВЬ чтобы обрадовать твоё творение сердцебиением рождения пульсирующей мысли которая питает мозг идеей пересеченья железа балок бетон колонн горизонталей вертикалей растущий организм ещё полуодетый в камуфляж фасада фасона что переменчив а интерьеры просторны, не любят холод, дождь, снег, дай солнце живущим в Коньково—Деревлёво ты архитектор не стесняйся выбери одежду тебе к лицу дерзай пиши стихи танцуй и слушай музыку симфоний пой серенады своим фантазиям капризам прихотям а также говори свои слова канон архитектура, зодчество и помни о фундаменте основе тверди земли в Коньково—Деревлёво и без сомненья несись навстречу четырем стихиям воздуха земли воды огня а также то что было в юности вернувшись от тех прошлых Архитектурных Курсов Института когда дом с башней на Смоленской был ярким вдохновеньем и Ромео и Джульетта святой любовью пригласили Верону на улицы нашей Москвы так долго мы на полпути перечисляя уровни вниз вверх теперь лишь вверх к ночному небу в звёздах и ещё выше к башне по спирали последние ступени ведут ступить на уровень ночного маяка под ореол грядущей башни Коньково—Деревлёво дремлет не зная дар Звёзд Кремля желание зажечь ещё одну звезду в Коньково—Деревлёво экскурсия ЛЮБВИ завершена и к нашей Башне Маяка летит уже Звезда в Коньково—Деревлёво светить гореть.

X

Уже была ночь, когда Владимир Павлович пришёл домой. Нет еды, нет аппетита. Открыв холодильник, он сделал несколько глотков холодного пива и прошёл в спальню... Слава богу, его жена уехала в Казань увидеться с сестрой. Владимир Павлович был рад, что он один. Он упал на мягкий матрас, на застеленную кровать в своём новом пиджаке с новым шёлковым галстуком. Его глаза остановились на углу потолка, где соединялись стены... И в его воображении возник потаённый смысл этой геометрической фигуры – это же треугольная пирамида верха его башни! Его навязчивая идея... Но реальная, но ещё неосуществлённая почти... Его Коньково–Деревлёво... Его лебединая песня в мастерской № 20... Владимир Павлович не мог закрыть глаза... Он ненавидел эти три пересекающиеся плоскости – две соединённые стены и треугольный кусок потолка, образующие вместе пустую внутреннюю геометрию верха башни...

Он повернулся на левый бок...

«Может быть, волокордин? Немного барбитуратов?» Он накапал десять капель в воду, проглотил и вернулся в постель... Валокордин помогает нам отвлечься в экстремальных ситуациях, помнил он...

Почему теперь это? Другое: зловещий призрак –

Дворца Юности! Вибрирующее нереальное изображение... Иван Ильич, упрямый, старик! Противник! Ты умер! Хочешь забрать свои победы с собой? Убирайся! Уходи! Дай мне возможность сделать эту маленькую переделку, прямо на строительной площадке! Это возможно! И это моё, не твоё! Также, как Коньково, кото-рое моё! И строится! Но без меня... Владимир Павлович слышит свой голос: «Уходи! Дай мне спать, хватит преследовать меня... Предъявлять обвинения...»

Владимир Павлович затих. Дыхание спокойное.

Заснул? Да, или опять что—то... Что это? Анна Каренина видит такой же угол потолка в своей спальне ... Господи, опять Толстой! И она ненавидит своё видение, как Владимир Павлович ненавидит своё. Но тут же у Владимира Павловича, в его мыслях, возникают перчатки Вронского! Он забыл их в её прихожей, торопясь к невесте...

Перчатки? Это был холодный ноябрь... Владимир Павлович ещё студент... Он помнит, его приятель Юрий кричит ему: "Владимир! Поезжай в Серпуховский Универмаг! Там кожаные перчатки, красивые, тёплые...» «Спасибо, Юра...» (На следующий день он оставил их в телефонной будке.)

Бум! Бум! Бум!

Три? Ночь? Или уже утро? Что в памяти? Эта пустая разговорная карусель с Семёновичем... Портрет Жолтовского... Новая курительная комната... И что еше? Что ещё? Да... Смерть Ивана Ильича... Почему горит свет? Почему не погасил его? Тяжело встать... Проклятый свет... Но он поможет узнать Ивана Ильича, если тот придёт, гремя цепями... Нет, он не привидение, которое проходит сквозь стену или потолок или сквозь этот треугольный угол, который якобы верх Коньково–Деревлёвской башни... Иван Ильич мёртв. Это же Смерть Ивана Ильича. Не помнишь повесть Толстого? Многое напоминает друг друга... Жизнь отголосок искусства... Искусство отголосок жизни...

Бум! Бум! Бум!

Звон кремлёвских курантов в московском небе... Слышен везде... Всем. Но не ему, Ивану Ильичу... Он в морге... Он уже застывший и окаменевший... Но это он... Это действительно Иван Ильич... Иван Ильич Толстого... Я слышу его шаги! И опять грохочущий аккорд! Роковой, торжественный, могильный, грозный:

Бум! Бум! Бум!

Башня звонит опять! Звон Спасской Башни! А может быть это малнькая башня, которая возникла в

Коньково–Дереблёво? Великолепная идея – для Конь-
ково–Дереблёво... Башня должна быть с часами! Башня
Владимира Павловича... И она могла бы звонить:

Бум! Бум! Бум!

«Я знаю: это три часа утра. Я знаю, что я дома, не
на Красной площади... Да, потерял реальность, должен
постараться прийти в себя... Освободиться от наваж-
дения.» Слышны шаги, так ясно и отчётливо... Это
Иван Ильич... Он уже около дверей спальни... Нет,
Владимир Павлович не испугался... Он действительно
видит вошедшего Ивана Ильича... И Иван Ильич уже
двигает стул ближе к кровати и садится... Привидение
или гость? Никакого выражения на старом мёртвом
лице... Иван Ильич смотрит в упор на Владимира Павл-
овича... У него холодные, пустые глаза... Сидит... Ми-
нуту, две... Затем он встаёт... Идёт к двери... Дверь
открывается... Дверь захлопывается... Громкий шум
спускающегося лифта:

Бум! Бум! Бум!

Три часа было один или два часа назад. Может
быть, уже пять... Но из гостиной слышно, как стенные
часы пробили три... Едва держась на ногах, шатаясь,
Владимир Павлович идёт к окну. Яркая, ледяная луна на

чёрном небе... Резкие тени рассекают острыми чёрными пятнами дворовое пространство... Откуда у Владимира Павловича в памяти такие тени? Немецкий Экспрессионизм. Доктор Калигари. Калигари. В институте кинематографии. Он ещё студент. Его исчезнувшая мечта стать кинематографистом... Иван Ильич сидит... На скамейке, на детской площадке... Двор дома Владимира Павловича... Упрямый старик! Почему он не лежит в морге? «Мне надо спать, а я дежурю у окна. Я прошу тебя вежливо: уходи... Убирайся, пошёл вон, мой дорогой мёртвый приятель!» И Владимир Павлович слышит: "Павлович, оставь меня в покое... Живи своей новой жизнью...» Его приглушенный голос звучит невнятно, как будто он говорит с закрытым ртом... Детская площадка... Где сидит Иван Ильич... Залитый лунным светом хозяйственный двор, мусорные контейнеры... Лай, рычание, беспокойный шум, шуршание бегающих лап... Проворные животные разного калибра, взрывающие тишину, охотятся за едой... За забором полоса шоссе... Фонарные столбы...

Иван Ильич продолжает сидеть. Он мёртвый? Иван Ильич? Когда и почему он умер? Может быть, Иван Ильич только думает, что он умер? И это в его голове...

«И в моей тоже?»

Луна скользит за облаками... Владимир Павлович видит Дворец Юности! Иван Ильич неподвижен, как

тень от дома… Мёртвый Иван Ильич вздыхает… Вдруг он начинает махать руками, дирижируя симфоническим мёртвым аккордом:

Бум! Бум! Бум!

«Павлович! Сейчас ночь. Спи! Ты мой враг, мой бывший друг!»

Несколько минут стоит тишина… И опять голос мертвеца:

«Тебе не хватает успеха в Коньково–Деревлёво? Я сделал для тебя всё, что было возможно. Жадный чёрт! Спи! Ты победил своей башней, играя на грусти о былом, где меня уже нет, где я мёртв… Твой успех благодаря твоей вере в этого американца – Мис ван дер Роэ, с его беспомощно висящими стенами… Многие не признали его… Не любят его… Твоя показная любовь к нашему Жолтовскому только подтверждение твоего вранья! Любить Жолтовского! Ты лжец! Ты оживил Сталинский Ампир среди сегодняшних пятиэтажных индустриальных изб! Позор! Спи."

XI

Озноб, его тело горячее, потное. Но нет температуры. Владимир Павлович открывает глаза. Где он? Дома. Слава богу. В своей спальне. На своей кровати. Яркий свет. Не погасил? Он зажмурился. Что происходит? Сколько времени? Ещё ночь? Почему он ещё не снял туфли? Их звук, упавших на ковёр... Дрожь в ступнях, онемевшие ноги, боль во всех суставах и мышцах, трудно ступить.... Шатаясь, Владимир Павлович добрёл до окна. Ещё за окном ночь. Он толкнул оконную створку. Холодный воздух. Ночь пахнет июнем и заполняет его лёгкие. Прохладное дуновение слегка освежило его спящее лицо. Сознание ещё не коснулось его ночного кошмара. Он ущипнул себя за щёку. Больно... Он посмотрел вниз из открытого окна. Ночь почти приготовилась встречать утро, низкие облака уже подкрашены розовым. Луна ещё высоко, медленно снижается, чтобы уйти в день... Владимир Павлович пришёл на похороны. Наташа позвонила ему, было около девяти. Он должен был обязательно появиться там. Ещё ночной ужас! Но надо было прийти всё равно... Вытолкнуть ночной кошмар реальной жизнью... Избавиться от него... Он открывает дверь. Печальный ритуал уже начат. И он видит сразу тело Ивана Ильича... И людей... Но он не узнаёт никого... Кто они?

Владимиру Павловичу кажется, что он ослеп после этой ночи… Кто эти люди? Он не может узнать своих бывших коллег, собравшихся для похоронного события. Конечно, это они… Вся мастерская № 20… Надо подойти к покойнику ближе как близкому человеку этого мёртвого… Надо… И увидеть, как смерть меняет человека… Жизнь превращается в смерть. Почему так блестит его кожа? Неестественно, он подумал… От освещения? Он стоит возле покойника, сосредоточенный на неподвижном лице… И его взгляд потом на нефункционирующем теле, одетом в торжественный чёрный костюм… Владимир Павлович стоит бездейственно, близкий к обмороку. Что это? Опять? Опять он видит Дворец Юности… Этот изъян в композиции… Его неудача… Причина их разрыва… И его прежний друг, застывший, окаменелый… И уже нет ассоциации с Немецким Экспрессионизмом. Исчезла категория искусства… Кто этот труп сейчас? Мёртвое тело реального человека – Ивана Ильича, ставшее пылью… Но может быть, это тот же ночной мираж, но без сценических декораций их прежней архитектурной жизни… Иван Ильич просто закрыл глаза и весь его мир исчез как погасший свет… Нет Ивана Ильича… Нет его уже… Владимир Павлович наклоняется и целует его лоб… Поднимается, шатаясь, отходит немного назад, рассмотреть лучше мёртвого… Но лучше, чем Лев Толстой, никто не опишет это магическое превращение:

"Мертвец лежал, как всегда лежат мертвецы, особенно тяжело по—мертвецки, утонувши окоченевшими членами в подстилке гроба, с навсегда согнувшейся головой на подушке, и выставлял, как всегда выставляют мертвецы, свой жёлтый восковый лоб с взлизами на ввалившихся висках и торчащий нос, как бы надевшийся на верхнюю губу. Он очень переменился, ещё похудел с тех пор… но как у всех мертвецов, лицо его было красивее, главное — значительнее, чем оно было у живого. На лице его было выражение того, что — то, что нужно было сделать, сделать, и сделано правильно. Кроме того, в этом выражении был ещё упрёк или напоминание живым…"

Владимир Павлович закрыл страницу книги. Прочитанное тоже не отвлекло его от кошмара прошлой ночи… Так же как он не может найти равновесия в увиденной смерти… Этот печальный ритуал начинает раздражать его… Его попросили сказать слова об ушедшем друге… По прежнему, всё незнакомые лица… Владимиру Павловичу знакомо лишь лицо женщины, пробравшейся к нему через толпу… Прасковья Фёдоровна? Да. Она. В чёрном платье, выглядящая моложе, чем когда он её видел, работая в мастерской № 20… Уйти прочь, долой… Тогда он освободится от наваждения? Но он не мог отойти от заснувшего в гробу

Ивана Ильича... Он чувствовал, что эта смерть часть его самого... И он умирает тоже... Медленно... Неожиданно кто–то обнял его... Его жена? Он с трудом узнал её... Она выглядела странно... Вернулась в Москву? Что–то случилось с сестрой, если она так быстро вернулась из Казани? Кто эта женщина, которая серьёзно говорит с женой? Любовь Аркадьевна? Она тоже одета в чёрное. Она что–то шепчет жене, как бы извиняясь... Странная улыбка... Отпечаталось в сознании Владимира Павловича... Странная улыбка как извинение... Почему?

XII

Реальная жизнь или фантазия? Кто может знать? Кому нужно знать? Интервал в беге времени… Мы подошли к моменту, когда можно оценить быструю писательскую карьеру Владимира Павловича. Почему он прекратил свое новое занятие? Может быть, сломалась его домашняя пишущая машинка «Москва»? Может быть, он уволился с работы Научного Проектного Института, где около него была новая «Олимпия»? Почему текст этой главы набран прямым шрифтом? Уже не клавиши «Олимпии» или «Москвы»?

Да, время летит… Эти слова клише… Но это – действительно исчезающая суть нашей жизни… День, два, три, или больше… Месяц? Год? Мир реального бесконечного времени… И существует другой мир… Сказанных слов, напечатанных страниц… Мир недавних высказанных мыслей, который умирает быстрее, чем память времени с её попыткой оживить прошлое, чтобы понять настоящее… Напечатанное, бывшее недавно живым, становится неподвижным, устаревает, превращается в смерть. Много печатных страниц… Все отпечатанные листы… Все они лежат на столе… Сейчас они только для того, чтобы понять, чем кончается эта после–толстовская история… Мир, который умер вместе с Иваном Ильичом… Последние страницы описывают

посещение Владимира Павловича похорон Ивана Ильича. И оба они – сначала уважающие, высоко ценящие друг друга коллеги, затем враги… Все отпечатанные листы на столе… И это уже прошлое… Иван Ильич умер. Смерть Ивана Ильича. А где Владимир Павлович? Кто-то из его коллег по мастерской № 20, какие-то его знакомые говорят, что у него всё в порядке. Но что они могут знать, если они даже не знают, стал ли он писателем. Может быть ему удалось вернуться в мастерскую № 20, и он мечтает проектировать или уже проектирует модернистские индустриальные церкви, обвеваемые ветром в небе… Очень высокие изящные храмы, подстёгиваемые крыльями смелого архитектурного воображения… Может быть, он до сих пор стоит онемевший на похоронах Ивана Ильича, завороженный тайной смерти… Бессловесно размышляет, как жизнь превращается в пыль… Может быть, эти предположения просто догадки людей, кто любит суды пересуды, и поэтому они якобы знают, что происходит с кем, когда и где… Эти препарируемые ими действующие лица и их жизнь…

Итак, слух, что Владимир Павлович писатель…

И слух, что нет…

И этот слух: слух, что он сидит на мягком кожаном кресле, которое когда-то было личной собственностью Ивана Ильича. Над ним в дорогой раме портрет знаменитого Жолтовского, а рядом портрет не так давно про-

вожённого Ивана Ильича. Владимир Павлович улыбается тем, кто приходит к нему в кабинет. Но он разборчив в своей улыбке… Расточает её не всем подряд… Как бы отмеряет её по творческому или профессиональному рангу...

«А–а! Пожалуйста, заходите, Любовь Аркадьевна. Для Вас я свободен. Только получил отчёт о нашем соревновании с мастерской № 10. Поздравляю! Помню о Вашей мечте. Для Вас Субару..»

«Спасибо, Владимир Павлович! А Вы себя чем порадуете в этот раз?»

«Мне всё равно… Но предпочту машину Вольво, пробирающуюся по подмосковным лесным, пока трудным дорогам… Если Вольво существует в выборе в этом квартале…»

«Вы любите жить скромно, Владимир Павлович!»

«Ближе к природе. Лес. Чтобы наблюдать, что лучше всего сопровождает то, что мы строим…»

И он продолжает улыбаться, исследуя результат соревнования с Архитектурной Мастерской № 10…

Яркий, почти слепящий свет. Свежая, зелёная, великолепная листва… Это июнь. Июнь нескольких лет в прошлом. Мягкая трава нежно касается ступней одетых в сандалии двух идущих мужчин. Они идут, наслаждаясь божественным пейзажем. Один из мужчин держит книгу в кожаном переплёте. У другого в руках ветка экзотического дерева. Они говорят об Акрополе, пытаются сосчитать всё количество древнегреческих храмов, включая снесённые и разрушенные временем и войнами. Они реконструируют словесно прежнюю форму, структуру и детали исчезающего великого монумента архитектуры. Это архитекторы – Иван Ильич Головин и Иван Владиславович Жолтовский…

Они останавливаются. Жолтовский взволнован.

ЖОЛТОВСКИЙ:
Мне кажется, что кто–то или что–то нас преследует… Какое–то облако, или какая–то тень, как настойчивая погоня…

ИВАН ИЛЬИЧ:
Преследует? Нет, не думаю… Это могут быть кто–нибудь из живых, уже прощающихся со своими жиз-

нями… Но они ещё не готовы присоединиться к нам. Может быть, даже это мой приятель, мой коллега… Способный, но болезненно– амбициозный архитектор. Моя прошлая жизнь прошла в основном в творческой гармонии… Потом случилась какая–то трещина… И во мне поселился диссонанс. Я повздорил с моим подчинённым, этим человеком… Моё прощание было ужасно… Мы стали врагами… Кажется, он хочет появиться на нашей Святой Земле и стать снова моим другом… Помню звон Кремлёвской башни, торжественный, музыкальный, который он очень любил:

Бум! Бум! Бум!

ЖОЛТОВСКИЙ:

Башня… Кремлёвская башня… Башни Италии… Её башни… Как ему передать, не следует спешить… Он придёт к нам в должное время…

ИВАН ИЛЬИЧ:

Он Ваш поклонник, Иван Владиславович… Ваш Сталинский Ренессанс 50–х вдохновил его. Он поехал в Италию повторить Ваш маршрут, узнать, что Вы узнали, изучить, что Вы изучили. Он был в восторге от Палладио в Венеции и Винченце. Его привлекло Ваше глубокое осмысление Ренессанса. И это дало ему энергию добиться того, что он постиг и осуществил в своём

проекте. Его дом с башней в новостроящемся районе Москвы…

ЖОЛТОВСКИЙ:

Интригующе. Кто–то ещё помнит меня. Когда–то я сказал московским архитекторам: «Архитектура – это то, что создаётся для радостной жизни, и не только для людей, живущих сейчас, но и для будущих поколений.»

ИВАН ИЛЬИЧ:

Я помню эти слова…

ЖОЛТОВСКИЙ:

Архитектура… Ренессанс будет жив всегда! Конечно, в Италии… Её Итальянский Ренессанс… И у нас. В нашей России. Наш русский Ренессанс жив в советских домах пятидесятых. В моих домах… Сейчас почему–то это – «Сталинский Ампир»! Почему «Ампир»? Перевелись историки искусства прежнего серьёзного толка. Они приклеивали более подходящие ярлыки.

ИВАН ИЛЬИЧ:

Архитектура всегда памятник эпохе… Как назвать её стиль? Я был удовлетворён, когда слышал, что Вы работали как архитектор «Неоренессанса», а также «Неоклассицизма». По крайней мере, звучит серьёзно…

ЖОЛТОВСКИЙ:

Может быть это излишне научно… Ведь параллельно с моим любимейшим Ренессасом у меня в голове были уже первые крупнопанельные дома моих последних лет. И это не было моим изгнанием, хотя время резко менялось… И мне хотелось идти в ногу, не хотел стареть… Но мой Ренессанс был до конца дней моей радостью…

ИВАН ИЛЬИЧ:

А люди любовались Вашей праздничной архитектурой… И это было важно в то нелёгкое послевоенное время…

ЖОЛТОВСКИЙ:

Спасибо, Иван Ильич. Италия! Меня всегда притягивало к ней… Всегда чувствовал наше внутреннее уникальное родство. Наши столицы… Наши два вечных города, которые побратимы единой топографией! Семь святых холмов! Семь доминант!

ИВАН ИЛЬИЧ:

Моя мечта смолоду увидеть Италию… Это было не просто в моё советское время. Вы, Иван Владиславович – счастливчик! Созрели раньше…

ЖОЛТОВСКИЙ:

1925 год. Я с моими российскими коллегами опять в Италии… В этот раз мы исследовали работы Палладио в Венеции! Это были особые дни… Нам сразу показалось, что мы нашли бесконечные возможности использования зодчества Италии для нашей Архитектуры нашего Советского времени.

ИВАН ИЛЬИЧ:

И это состоялось!

ЖОЛТОВСКИЙ:

Наши кровные узы! Продвигаясь по узкой улочке, я прыгнул в гондолу. Крикнул: «Эй, парень! Тебе известно, что твоя Венеция построена на наших Сибирских брёвнах? На дереве, которое крепче железа? Четыреста тысяч твердейших деревянных брёвен! Они были переправлены из района реки Ангара суровым маршем в центр Адриатики. Их приволокли в Венецию в пятом веке! Так что, твоя Венеция построена на недрах нашей Матери России. Я верю в это. Хотя это чудо! Почти гипотеза…

ИВАН ИЛЬИЧ:

Да, это удивительно. Кто приволок это уникальное дерево в Венецию? Никто не знает… Мы теряем так много, когда мы теряем историю. Наша хронология

всегда была несовершенна. Иван Владиславович, нельзя забывать и наши – я имею в виду – Ваши – пятидесятые… Ваш Русский Ренессанс…

ЖОЛТОВСКИЙ:

И Вы говорите, кто–то помнит это… Ваш коллега?

ИВАН ИЛЬИЧ:

Да. И он Ваш последователь…

ЖОЛТОВСКИЙ:

Последователь? И это правда? Для меня это – как то, что я сейчас крикнул этому Гондольеру – тебе надо учить русский язык! Да! Петь по–русски, петь твои песни на языке родины корней твоего замечательного города! Не понимая, что я сказал, видимо, он решил, что я прошу спеть одну из его баркарол, он запел на своём языке… Для Вас, Иван Ильич, моё грустное переложение его песни на стихи Микеланджело:

Что мне сулишь?
Что хочешь сделать вновь
С сожженным древом, сердцем одиноким?
Дай разгадать хотя б намеком,
Поведай мне, чего мне ждать,
Любовь?

ИВАН ИЛЬИЧ:

Браво, Иван Владиславович! Интересно, понравилось ли нашему Святому Петру, и не удивился ли он истории, что русское дерево держит этот город на плаву, чтобы Венеция любовалась собой в своём постоянном водном зеркале всеми своими красками.

ЖОЛТОВСКИЙ:

Не могу сосчитать, сколько раз с давних времён со мной обсуждалось, почему я ратую за Ренессанс. Это происходило и после плачевно ушедшего конструктивизма, когда наступило время осторожного архитектурного поиска... Конструктивизм... Наш знаменитый конструктивизм! Наш Баухаус! Мы работали вместе... Творческое единство... Время дало крен... Это было печально... Мне показалось, что мой Ренессанс может достойно заполнить то безвременье... И может украсить наши города. Так пришло ко мне моё время... На коленях и со слезами я молился в Сан–Джорджо Мажоре моего любимого Палладио... Венеция. Здесь я обрёл родник, идею, источник! Это – башня–звонница, которая оказалась моей гордостью в Москве – моя мечта, воплощённая в доме на Смоленской Площади...

ИВАН ИЛЬИЧ:

А к Кремлю я всегда подходил мимо Вашего Ренессансного Дворца – Вашего Палаццо Капитанио, умноженного в семь раз! О, пресловутое здание Интуриста!

ЖОЛТОВСКИЙ:

О, это было не просто… Архитектура – непростое занятие… Гоголь сказал:

«Архитектура – хроника мира: она говорит, когда песни и легенды молчат.»

Всеобъемлющая Италия. И он имел к ней своё загадочное отношение… Его непростая жизнь… Его «Мёртвые Души» какое–то время жили в Италии…

ИВАН ИЛЬИЧ:

Иван Владиславович, Ваш поклон от Андреа Палладио был передан мной Московскому Архитектурному Совету, когда я защищал Коньково –Деревлёвский дом с башенкой – завершением упомянутого Владимира Павловича – посвящение Вероне и – конечно – Вам!

ГОЛОС ВЛАДИМИРА ПАВЛОВИЧ (если можно слышать беззвучные мысли):

Я слышу ваши слова в моих мыслях. Спасибо, мои друзья вечности!

ИВАН ИЛЬИЧ:

Владимир, ты где–то близко? Всегда спешишь. Не будь
в такой спешке, успеешь быть с нами. Мы в вечности,
здесь нет времени. Глубокий вдох, и ступай ступай по
свежей июньской траве в своём Коньково–Деревлёве…
И дыши! Дыши, дыши! В небесах воздух дискомфор-
тный, разрежённый… Мы ещё поговорим и о Дворце
Юности…

ЖОЛТОВСКИЙ:

Это был Владимир Павлович?

ИВАН ИЛЬИЧ:

Он в списке ожидания, наверное. Святой Пётр перегру-
жен, думаю. Но может он уже здесь? Давайте пройдём
по Кипарисной Аллее и посмотрим на прибывших…

СВЯТОЙ ПЁТР:

А–а, Иван Владиславович! Отдыхайте, отдыхайте… Вы
уже наш давний пришедший… Наш зодчий… Вы любите эти святые деревья… Да, здесь густая приятная
тень…

ЖОЛТОВСКИЙ:

Святой Пётр, я уверен, Христос очень доволен Вами…

СВЯТОЙ ПЁТР:

Кто с Вами? Боже мой, это Иван Ильич. Уже здесь. Проглядел… Пополняется наше архитектурное сообщество… Желаю вам приятного святого времени!

ИВАН ИЛЬИЧ:

Лев Николаевич был прав:

> «Как хорошо и как просто… А где боль?
> Ну – ка, где ты, боль?
> Он искал своего привычного страха смерти и не
>   находил его.
> Где она. Где она. Какая смерть?»

ПОСЛЕДНЯЯ ГЛАВА ПЕРВОЙ ВЕРСИИ

Утреннее переполненное московское метро. Владимир Павлович опаздывает на работу. Уже третий поезд, в который он не может проникнуть. Толпа. Сумасшедшая Москва. Сколько миллионов живёт здесь сейчас? Каж-дый год число растёт…

Наконец дверь поезда перед ним. Уже втиснут и стиснут. Локоть к локтю. И ритмичное покачивание. Несколько остановок пробегает быстро. Не так их много – две, три… Качаясь, он подчиняется ритму вагона, пытаясь прийти в более спокойное состояние...

Кто это? Владимиру Павловичу показалось, что мелькнуло ему знакомое лицо. Лицо среди многих голов… Кто это, кого он знает в этой сумасшедшей толпе? Не так часто это бывает. Да, Владимир Павлович знает его. Его прежний коллега, молодой архитектор. Имя? Не может вспомнить… И озарение! Пётр! Из его прежней покинутой мастерской № 20! Владимир Павлович почти кричит сквозь шум поезда....

"Рад видеть тебя, Пётр!"

"О, Владимир Павлович? Здравствуйте!"

«Не видел тебя вечность! Но помню твоё имя…»

«Пётр? Нет, я уже Пётр Иванович…»

«Да? Время бежит… Кстати, я собираюсь к вам. Как

там? Как наш Иван Ильич?»

«Вы приедете очень кстати увидеть Вашего товарища, коллегу, нашего почётного архитектора, Ивана Ильича Головина!»

«Как он?»

«Его шестидесятилетие. И сегодня как раз его день рождения. Праздник на следующей неделе. Да, я видел Ваше имя в списке приглашённых.»

«Да? Он в нормальном состоянии? Вроде бы был болен? Не было его на нашем последнем сборе в Доме Архитектора.»

«Он был нездоров довольно долго, но сейчас в порядке...»

«Я рад.»

«Извините, моя остановка. Скоро увидимся...»

Пётр или Пётр Иванович, подхваченный толпой, исчез на платформе. Владимир Павлович повернулся к тёмному окну. Он уставился в своё изображение в стекле. Все его мысли и фантазии толстовской псевдо-фантосмагории разрушились реальной жизнью...

Извините, Иван Ильич, что Вы были мной подвергнуты опасности моего писательского воображения. Долгой жизни Вам, Иван Ильич! Шестьдесят – хороший возраст для творческого работающего архитектора. Будем продолжать жить с Вами реальной Советской жизнью семидесятых...

ПОСЛЕДНЯЯ ГЛАВА ВТОРОЙ ВЕРСИИ

*Утреннее переполненное московское метро. Влади-
мир Павлович почти опаздывает на работу. Уже
третий поезд, в который он не может проникнуть.
Толпа. Сумасшедшая Москва. Сколько миллионов живёт
здесь сейчас? Каждый год число растёт... Наконец
дверь поезда перед ним.*

*Он толкает вперёд женщину с двумя огромными
сумками. Она уже за порогом двери. И он пробирается
глубже. Уже стиснут. Локоть к локтю. Но ему удалось
даже сесть. И, наконец монотонное покачивание. Кто-
то трогает его за плечо... Кто это? А–а? Пётр?
Опять?*

*«О! Привет Пётр! А ныне Пётр Иванович! Мы
виделись всего несколько дней назад! Как? Иван Ильич
готов к его юбилею?*

«Иван Ильич умер. Похороны будут завтра.»

*«Что? Не может быть. Нет! Я же собрался идти
на его праздник...»*

*Владимир Павлович поднялся. Чтобы удержаться на
ногах, взял Петра за локоть...*

*Владимир Павлович не мог сказать: «Я знал, это дол-
жно было случиться.»*

Он не мог извиниться: «Это финал случайно написанной мной истории.»

Владимир Павлович не мог сказать: «Встреча в метро должна была повториться, когда Пётр должен был известить о смерти Ивана Ильича. Да. Ивана Ильича, который ушёл к Жолтовскому чтобы вместе мечтать о творчестве...''

Владимир Павлович не мог сказать: «Пётр, мы должны были встретиться, для твоего печального известия ещё тогда, когда я вдруг начал писать книгу...»

Вместо всего этого он сказал:

«Да, это очень печально...»

И Владимир Павлович подумал: «Могло бы быть продолжение рассказа с другим финалом... Иван Ильич умер только потому, что мне больше не хотелось печатать дома на моей старой машинке «Москва»...

А «Олимпия»?

«Нет... Я не задержался на той тоскливой работе...»

Оба – Владимир Павлович со своими двумя незаконченными объектами и молодой архитектор Пётр (он у Толстого Пётр Иванович, в ремейке теперь, он Пётр Иванович тоже, потому что стал старше) – они оба архитекторы Советских семидесятых, в прошлом коллеги в мастерской № 20, опять случайно встретились в

переполненном вагоне московского метро, стоят рядом, держатся за верхний металлический поручень и видят свои опечаленные лица в тёмном окне... Они молчат. Им ехать вместе ещё несколько остановок в поезде под фундаментами домов Москвы... И это всё. Пожалуй, нечего больше добавить. За исключением того, что Ивана Ильича вспоминают иногда девушки в курительной комнате Архитектурной Мастерской № 20... Был ли Герасим в Италии – никто не знает...

Я благодарю Bruce Meyer, редактора английского варианта моей книги *На Смерть Ивана Ильича (On The Death of Ivan Ilyich)*, а также благодарен Андрею Урусову за корректировку текста русского варианта книги. Спасибо московскому архитектору Кириллу Архипову и доктору фнлологических наук, профессору Олегу Радченко за их веское для меня мнение переписать эту книгу по-русски.